BRI BLACKWOOD

Traduzido por Allan Hilário

1ª Edição

2024

Direção Editorial:	**Revisão Final:**
Anastacia Cabo	Equipe The Gift Box
Tradução:	**Arte de capa:**
Allan Hilário	Amanda Walker PA and Design
Preparação de texto:	**Adaptação de capa:**
Mara Santos	Bianca Santana
Diagramação:	Carol Dias

Copyright © Bri Blackwood, 2022
Copyright © The Gift Box, 2024

Todos os direitos reservados.
Nenhuma parte do conteúdo desse livro poderá ser reproduzida em qualquer meio ou forma – impresso, digital, áudio ou visual – sem a expressa autorização da editora sob penas criminais e ações civis.
Esta é uma obra de ficção. Nomes, personagens, lugares e acontecimentos descritos são produtos da imaginação da autora. Qualquer semelhança com nomes, datas ou acontecimentos reais é mera coincidência.

Este livro segue as regras da Nova Ortografia da Língua Portuguesa.

CIP-BRASIL. CATALOGAÇÃO NA PUBLICAÇÃO
SINDICATO NACIONAL DOS EDITORES DE LIVROS, RJ
Gabriela Faray Ferreira Lopes - Bibliotecária - CRB-7/6643

B565j

Blackwood, Bri
    Jogo ardiloso / Bri Blackwood ; tradução Allan Hilário. - 1. ed. - Rio de Janeiro : The Gift Box, 2024.
    150 p.   (Universidade Brentson ; 1)

    Tradução de: Devious game
    ISBN 978-65-85940-16-0

    1. Romance americano. I. Hilário, Allan. II. Título. III. Série.

24-88637   CDD: 813
                      CDU: 82-31(73)

# NOTA DA AUTORA

Olá!
Obrigada por dedicar seu tempo para ler este livro. Jogo Ardiloso é um dark romance de inimigos a amantes e um romance universitário bilionário. Não é recomendado para menores de 18 anos e contém situações duvidosas e que podem servir de gatilho. O livro também inclui violência explícita, sequestro e breves menções a um distúrbio mental que também pode ser um possível gatilho. Não é um livro único e termina em um suspense. O próximo livro da série é Segredo Ardiloso.

CAPÍTULO 1
RAVEN

Há pouco mais de dois anos

O ar ao redor estava elétrico, fervilhando de entusiasmo. É compreensível, pois era o dia da formatura. Os futuros formandos estavam sentados em cadeiras dobráveis brancas durante a cerimônia, enquanto suas famílias tentavam registrar cada momento.

Esse deveria ter sido um dos dias mais felizes da minha vida, mas meu coração estava vibrando por um motivo diferente.

Minha perna balançava para cima e para baixo enquanto observava a cena que se desenrolava ao meu redor. Hoje era o dia pelo qual estava esperando, mas não pelo motivo que a maioria das pessoas imagina. Eu estava fazendo uma contagem regressiva para esse dia há anos e, finalmente, ele chegou. Em pouco menos de uma hora, estaria deixando esta cidade para sempre.

Uma promessa feita à minha mãe era a última coisa que me separava da liberdade, e mal podia esperar para cumpri-la. Eu disse a ela que atravessaria aquele palco e estava determinada a fazer isso. Quando fomos instruídos a nos levantarmos e caminharmos até uma das extremidades do palco, quase pulei da cadeira, ansiosa demais para acabar logo com isso.

— Allison Fredericks.

Prendi a respiração enquanto ela atravessava o palco, sabendo que estava quase na minha vez de ir. Afinal de contas, treinamos no dia anterior para que todos soubéssemos o que aconteceria.

— Jamie Gibson.

Eu respirei fundo, pois era a próxima na fila para atravessar o palco. Observei Jamie apertar a mão do diretor da escola e sorrir quando recebeu seu diploma.

— Raven Goodwin.

A multidão aplaudiu, e eu mordi o lábio enquanto subia as escadas. Sabia que as palmas eram apenas aplausos educados dados nas cerimônias de formatura. Teria sido bom ter um grupo de familiares ali me assistindo atravessar o palco? Claro, mas eu só tinha um objetivo em mente. A falta de alguém torcendo por mim lá em cima não mudaria nada.

Ouvi uma voz mais grave se animar quando as palmas diminuíram um pouco. O canto do meu lábio se contraiu, mas não me virei para encarar a multidão. Forcei-me a continuar andando para frente.

— Bom trabalho. — O Sr. Jones, diretor da Brentson High, sorriu quando o alcancei. Dei-lhe um sorriso tenso e um aceno de cabeça quando ele estendeu a mão para que eu a apertasse.

Mamãe, eu consegui.

Lutei para manter meus sentimentos sob controle. Superar as inúmeras barreiras que tentaram me impedir foi nada menos que um milagre. Sofrer de TDAH causou seu próprio conjunto de desafios, mas também ter de lidar com a morte trágica do único pai que você já conheceu era o suficiente para deixar qualquer um fodido. Embora algumas concessões tenham sido feitas para me ajudar durante meu luto, a ferida e a dor que sentia no coração ainda estavam frescas. Respirei fundo para acalmar minhas emoções antes de observar a multidão. Quando voltei para o meu assento, encontrei um rosto sorridente olhando diretamente para mim.

Nash.

Eu sabia que ia partir seu coração, mas não tinha outra escolha. Precisava sair desta cidade e rápido. Meu plano era ir embora assim que recebesse esse pedaço de papel, mas não podia ir sem me despedir dele.

Mesmo que ele não soubesse que era um adeus.

Fiz parecer que, como muitos dos alunos daqui, iria para a Universidade de Brentson no outono. Afinal de contas, por que não iria querer estudar em uma das faculdades mais prestigiadas do mundo, especialmente se ela estivesse no meu quintal?

Esse não seria o único sonho do qual estava desistindo.

Sorri para o meu futuro ex-namorado enquanto caminhava para meu assento. A conexão que compartilhamos naquele exato momento era o que esperava poder usar para me concentrar no restante da cerimônia.

Meus pensamentos foram interrompidos quando uma grande salva de palmas me trouxe de volta ao presente. Não me surpreendeu que o locutor estivesse prestes a dizer o nome de Nash.

— Nash Henson.

Os aplausos ficaram ainda mais altos quando ele se aproximou para receber seu diploma. Nada disso era surpreendente. Nash era o garoto de ouro e o quarterback estrela de Brentson. Seu pai era o prefeito da cidade e sua mãe era uma das primeiras-damas mais engajadas que a cidade já viu.

JOGO *Ardiloso*

Isso sempre me fez pensar no que Nash tinha visto em mim. Tenho certeza de que havia mulheres — mais adequadas — com as quais ele poderia ter saído, mas depois que um professor nos juntou em um projeto de grupo durante o primeiro ano do ensino médio, ficamos inseparáveis. Fizemos planos sobre como seria nosso ano de calouro em Brentson, embora isso não fosse acontecer para mim.

Felizmente, a cerimônia não se arrastou por muito tempo e logo vi meus colegas de classe se preparando para fazer o que todos esperavam deles, mesmo quando nos disseram para não fazer: jogar o capelo para o alto.

Quando os aplausos irromperam ao meu redor, as bolhas em meu estômago aumentaram. A cerimônia havia terminado e estava quase na hora de ir embora. Com os alunos, agora ex-alunos, podendo circular livremente, não demorou muito para que Nash me encontrasse no meio da multidão.

Só de olhá-lo, meu corpo esquentava, uma reação que não podia atribuir ao calor do sol que caía sobre nós enquanto estávamos de pé com essas longas becas azuis de formatura. Eu me sentia ridícula nessa roupa, então a abri apressadamente para mostrar um dos poucos vestidos que tinha, enquanto ele parecia um supermodelo na dele. Desde seu cabelo loiro escuro até seus ombros largos e seu abdômen bem definido. Deveria ser um crime esconder seu físico sob a camisa de botão, a calça e a beca, mas ele ficava bem nelas. Sua estrutura alta me obrigava a olhar para cima se quisesse fitar seus belos olhos azuis.

Neles, pude ver carinho e bondade, mas, acima de tudo, havia amor. Foi como uma facada no estômago por causa do que eu tinha que fazer.

— Ei.

Uma palavra foi o suficiente para sugar todo o ar de meus pulmões. Ao olhar para ele, um mundo de dor se abateu sobre mim.

— Ei, você.

— Conseguimos.

Assenti com a cabeça.

— Sim, conseguimos.

Esse ano letivo não foi fácil para nenhum de nós, mas com as provações que nos foram impostas, ficamos mais fortes e nosso vínculo floresceu. E eu estava prestes a estragar tudo.

— Sua mãe está orgulhosa de você.

Meu lábio tremeu e olhei para baixo.

Não chore, Raven.

Uma leve brisa soprou entre nós, e ele levantou meu queixo para que meu olhar encontrasse o seu. Com a outra mão, colocou uma mecha do meu cabelo castanho-escuro atrás da orelha. Meus olhos observaram seus lábios enquanto ele se inclinava para frente e se fecharam quando meus lábios se encontraram com os dele. O beijo aqueceu minha alma como nada mais era capaz de fazer. Doía saber que aquela seria a última vez que o veria. Mas era para o melhor — mesmo que ele ainda não soubesse disso.

— Eu te amo, passarinho.

Ele dizer que me amava era uma coisa, mas usar o apelido que me deu era outro nível. A respiração profunda que dei foi uma tentativa de esconder a dor do meu rosto, porque sabia que ele seria capaz de perceber que algo estava errado.

— Eu amo você. — Eu quase engasguei com as palavras quando elas saíram de minha boca. — Você precisa ir e ficar com sua família.

Nash olhou para trás enquanto eu dava um pequeno passo para o lado para ver seus pais. Um deles e sua irmã me deram um pequeno sorriso, enquanto o outro me olhava friamente. Se estivesse sendo honesta, era isso que esperava. Desfiz a careta que tinha certeza de que começaria e voltei minha atenção para Nash. Eu queria aproveitar o que seria nosso último momento juntos.

— Encontre-se comigo amanhã à noite. Eu diria agora mesmo, mas tenho obrigações familiares das quais não posso me livrar.

A declaração de Nash não deixou espaço para argumentos, e foi por isso que não os ofereci.

— Claro.

— Posso passar em sua casa às oito? Talvez possamos ir a algum lugar e... — Sua voz se arrastou e sabia aonde ele queria chegar.

Nós fizemos sexo pela primeira vez há algumas semanas, o que era tarde se comparado a quando alguns de nossos amigos haviam feito. Os momentos que compartilhamos foram mágicos e seriam algo de que sempre lembraria com todo carinho. Assenti com a cabeça, sabendo muito bem que não estaria lá quando ele chegasse. Respirei fundo algumas vezes para conter as lágrimas que ameaçavam cair.

— Raven? — Eu me virei e sorri para minha melhor amiga desde praticamente o nascimento, Isabelle 'Izzy' Deacon. Ela era a única que sabia o que eu tinha planejado. Acenei rapidamente com a cabeça e olhei para a única pessoa que achava que amaria. Pena que ele viria a me odiar.

JOGO *Ardiloso*

— Tenho que ir.

— Eu provavelmente deveria ir também. — Nash me deu um sorriso caloroso antes de me beijar mais uma vez.

Depois que fosse embora, sempre me lembraria da sensação de seus lábios nos meus. Eu me despedi silenciosamente com um abraço que durou muito mais do que deveria, e então me afastei antes que pudesse correr para seus braços e esquecesse a escolha que estava prestes a fazer.

Eu lhe dei um pequeno aceno antes de me virar e caminhar até Izzy.

— Você sabe que não precisa fazer isso, certo?

— Não tenho outra opção.

— Podemos pensar em algo...

Balancei a cabeça.

— Minha permanência aqui causa uma tonelada de problemas. É melhor que vá embora, e sou muito grata por você estar me ajudando a fazer isso.

— É claro. Você sabe que faria qualquer coisa para ajudá-la.

Olhei para ela e perdi a luta contra as minhas lágrimas. Limpei minhas bochechas, não me importando se borraria a pouca maquiagem que havia colocado hoje cedo.

— Obrigada. Mas há um favor que quero lhe pedir.

— Sim? — Eu a vi olhar para mim enquanto enxugava meus olhos.

— Diga ao Nash que eu sinto muito. Por tudo.

CAPÍTULO 2
RAVEN

Uma lágrima ameaçou cair de um dos meus olhos enquanto examinava a bagunça na mala à minha frente. Era isso. Estava realmente deixando esta casa e esta cidade. Enquanto fechava o zíper de outra mala, vi um flash de luz com o canto do olho. Quando identifiquei que era um carro dirigindo em direção à minha casa, meu coração deu um salto na garganta. Eu não estava esperando ninguém a essa hora da noite ou a qualquer hora. Estava muito ocupada arrumando tudo o que podia para sair de Brentson.

Será que era a polícia? Nada mais me surpreenderia a essa altura.

Coloquei a mala ao lado do sofá antes de ir até a janela da sala de estar. Foi só quando o motorista do carro desligou os faróis que consegui reconhecer o carro e depois o motorista.

Por que ele estava aqui?

Esqueci completamente das minhas malas, corri para a porta da frente e parei para passar a mão no cabelo e puxar para baixo o vestido leve de verão que havia usado depois da formatura. Com uma respiração profunda, abri a porta. Encontrei Nash em um smoking diante de mim.

— O que você está fazendo aqui?

— Eu tinha que vê-la esta noite. Você só se forma no ensino médio uma vez e não há mais ninguém com quem eu preferiria comemorar a ocasião.

Confusa, fiquei olhando para ele.

— Mas e as suas obrigações familiares? Nós íamos nos ver amanhã e...

— E eu não queria esperar, então fui embora. Temporariamente. Eles não sentirão minha falta, mas senti demais a sua.

Fiquei corada com suas palavras, mas duvidei da veracidade delas. As pessoas notariam que ele não estava lá porque era o único filho dos Henson, o garoto de ouro da comunidade. Além disso, a casa de Nash não era longe, mas também não era perto. Não demoraria muito para que alguém percebesse que ele havia saído, só pelo tempo que teve que dirigir para chegar aqui e depois voltar.

— Mas...

Quando os lábios de Nash se chocaram contra os meus, entendi a mensagem em alto e bom som. Mais ação, menos conversa. Suas mãos agarraram meu rosto enquanto ele me aproximava de seu corpo. Ele se aglomerou ao meu redor e tudo se tornou uma questão de colocar seu pau dentro de mim o mais rápido possível.

Nash me apoiou na parede mais próxima e suas mãos foram parar em minha bunda e a apertou antes de ajustar sua postura para que pudesse me levantar.

Lambi meus lábios enquanto sua boca atacava meu pescoço. As chances de eu ficar com um chupão depois disso eram altas pela forma como ele estava atacando minha pele e sabia que isso serviria como uma prova física desse momento que compartilhamos. Pelo menos temporariamente.

Quando ele puxou as alças do meu vestido para baixo, seu olhar me queimou. Era como se estivesse hipnotizado pela visão de meus seios nus à sua frente. Ele não conseguia desviar o olhar por medo de que eles desaparecessem. Até eu reconheci a ironia dessas palavras.

Quando passou a língua em meu mamilo, suspirei e minha mão foi até seu cabelo. Ele não perdeu tempo para dar atenção ao meu outro seio também, mas nós dois sabíamos que nosso tempo juntos era limitado. Eu sabia disso em mais de um sentido.

Nash deu um passo para trás e tirou uma camisinha do bolso. Abriu o zíper da calça e mordi o canto do meu lábio enquanto o observava rolar a camisinha pelo seu pau.

— É muita presunção de sua parte ter uma camisinha. — Minhas palavras saíram apressadas em antecipação ao que estava para acontecer.

O canto dos lábios de Nash se elevou.

— Isso se chama estar preparado. Agora pule e envolva suas pernas em minha cintura.

Fiz como ele disse e, quando seu pau se enterrou dentro de mim, eu gritei. Gritei de prazer porque pude desfrutar das sensações por estarmos assim mais uma vez. Pela última vez.

Quando ele não se moveu imediatamente, olhei para seu rosto. Seus olhos estavam fechados como se estivesse saboreando cada sentimento e sensação que percorria seu corpo. Eu me movi contra ele e seus olhos se abriram. O olhar quente foi meu único aviso antes que se movesse, iniciando imediatamente um ritmo que era quase alucinante.

A única coisa que podia ser ouvida entre nós dois eram os gemidos e as lamúrias que saíam de nossas bocas e os sons de nossos corpos se conectando em um nível que nenhum de nós havia experimentado antes. Tínhamos compartilhado muitas primeiras vezes juntos e era uma sensação agridoce estarmos compartilhando nossa última vez dessa forma.

— Nash. — Demorou mais um momento para que tentasse concluir meu pensamento. — Eu vou ...

Minha falta de habilidade para falar foi o único incentivo que ele precisava. Suas investidas se tornaram ainda mais poderosas e não havia como voltar atrás. Senti a pressão em meu corpo aumentar cada vez mais até que caí no que só poderia ser descrito como êxtase orgástico.

Meu clímax não parou Nash. Ele continuou a estocar até que também se juntou a mim nessa bolha de prazer. Não fazia ideia de como ele ainda estava me segurando enquanto minhas pernas pareciam gelatina, especialmente depois de também atingir o clímax.

Além disso, ele foi o primeiro a falar.

— Acho que nos empolgamos.

Não consegui conter minha risada.

— Você acha? Nem chegamos a uma cama.

Ele me examinou com os olhos antes de perguntar:

— Você consegue ficar em pé?

Tudo o que pude fazer foi assentir. Quando tirou seu pau de mim, uma sensação de perda invadiu meus sentidos. Ele abaixou minhas pernas e se certificou de que eu não estava mentindo sobre a capacidade de andar. Garantindo que eu estava bem, me deu um de seus sorrisos característicos antes de dar um passo para trás e jogar o preservativo em um saco de lixo que eu havia deixado na porta, com a intenção de jogá-lo fora quando saísse mais tarde. Ele voltou e me puxou para um abraço caloroso.

Ele demorou um pouco para falar.

— Posso ajudá-la a se limpar?

O pânico percorreu meu corpo. Embora quisesse sua ajuda da maneira que estivesse disposto a dar, não podia deixá-lo andando pela minha casa. Era um milagre que não tivesse notado que eu havia empacotado a maioria dos meus pertences. Atribuí isso ao fato de estar concentrado em chegar até mim o mais rápido possível.

— Estou bem. Um pouco dolorida, mas bem.

— Ótimo. Eu preciso voltar.

Doeu vê-lo arrumar as roupas para sair, mas precisava que ele fosse embora. Quando ele saísse, poderia continuar com meu plano e levá-lo até o fim.

— Eu amo você.

Suas palavras me tiraram dos pensamentos infernais que estava tendo.

— Eu também amo você.

Seu sorriso se alargou.

— Vejo você amanhã.

Sorri de volta, mas achei que ele fosse notar que tinha algo de errado. Parecia que eu estava fazendo uma careta. Mas ele não disse nada.

Nash me deu um último beijo antes de sair da minha casa e fechei a porta atrás dele. Voltei para a janela da sala de estar e cruzei as mãos sobre o peito.

A culpa me preencheu enquanto o observava sair de carro. Ele não sabia que aquilo era um adeus e não tive coragem de lhe dizer isso. Esse pensamento foi o que desencadeou as lágrimas que estavam prestes a cair desde que olhei para uma de minhas malas antes de Nash chegar.

CAPÍTULO 3
NASH

Na noite seguinte

Eu estacionei meu Jaguar F-TYPE em frente à casa de Raven e fiquei olhando para o lugar. Era a primeira vez que levava meu presente de formatura para dar uma volta e mal podia esperar pela cara de Raven quando o visse. Eu sabia que ela balançaria a cabeça em sinal de diversão porque era outro presente luxuoso que meus pais tinham me dado. Exagerado, com certeza, mas ter o melhor carro de Brentson junto com a melhor garota era a combinação perfeita.

Eu mal podia esperar para levar Raven para dar uma volta nele. Ver seu cabelo castanho-escuro, quase preto, voar ao vento, combinando perfeitamente com seu nome. Seus olhos azuis profundos brilhariam quando dirigíssemos com a capota abaixada. Sabia que isso a faria se sentir melhor, porque podia ver como ela estava infeliz na formatura.

Sentado do lado de fora de sua casa, lembrei-me de como ela ficava nervosa sempre que a deixava em frente à casa. Ela me disse que era porque achava que eu a julgaria, mas não me importava com o local onde ela morava. Tudo o que queria era ela. Essa energia nervosa mudou depois que sua mãe faleceu, mas isso era compreensível. Tudo havia mudado para ela, e havia tentado apoiá-la tanto quanto me permitia.

Embora não tivesse passado por isso, sabia que perder um dos pais devia ser horrível, e não conseguia imaginar essa dor, especialmente quando se é tão jovem. Raven demonstrou muita graciosidade depois que sua mãe morreu em um acidente de carro em um cruzamento. Na época, ela estava indo para seu segundo emprego e o motorista nunca foi encontrado. Eu fiz o possível para apoiá-la. Minha mãe e algumas outras pessoas da comunidade ajudaram Raven no que puderam, mas ela queria lidar com as coisas sozinha, inclusive ser forçada a ter uma casa própria. Raven não sabia quem ou onde seu pai estava já que ele nunca esteve presente em sua vida.

Minha mente também se voltou para a diversão que tivemos na noite anterior. O tempo que passei com ela foi muito curto e precisava vê-la.

Esperei no carro por mais meia hora até que me cansei. Quase larguei a porta do carro aberta na pressa de chegar mais rápido à Raven.

A primeira coisa que notei foi que o carro dela não estava lá. Será que ele estava aqui ontem à noite? Por um segundo, hesitei, mas depois me lembrei de que ela só pegaria o carro amanhã. Conversei com meus pais sobre fazer mais para ajudá-la, porque não teria acesso ao meu fundo fiduciário até completar 21 anos. Se tivéssemos que esperar até lá para substituir seu carro velho, que assim fosse. Faria o possível para estar ao seu lado sempre que ela precisasse de mim, não importava o que acontecesse.

Quando estava subindo o caminho para sua casa, me ocorreu que nenhuma luz estava acesa. Claro, o sol ainda estava alto, mas começando a se pôr, então estava quase escuro demais para enxergar sem acender uma luz.

Isso era estranho.

Bati na porta da frente e toquei a campainha, mas não obtive resposta. *Onde diabos ela está?*

Os sinos de alarme soaram em minha mente. Andei pelo perímetro da casa, na esperança de vislumbrar algo que me levasse a mais informações sobre onde ela estava, mas não havia nada. Peguei meu celular e liguei para o número dela, mas foi imediatamente para o correio de voz. As mensagens de texto que havíamos compartilhado nos últimos dias não mostravam nada fora do comum. Que diabos estava acontecendo?

Enquanto debatia comigo mesmo sobre como seria fácil derrubar essa porta para chegar até ela, um carro chegou e estacionou atrás do meu. Era Izzy.

Eu me preparei quando Izzy saiu do carro sozinha e não com Raven. Se os alarmes em minha mente já não tivessem disparado, isso os faria.

— Onde ela está? — Minha voz estava nivelada e não retratava nenhuma das emoções que estava sentindo. Pânico. Medo. Confusão.

Observei as lágrimas brotarem nos olhos de Izzy antes de ela finalmente falar.

— Ela se foi.

Meu coração errou uma batida. Eu sabia que havia algo errado, mas não esperava por isso.

— Como assim, ela se foi? Eu a vi ontem e trocamos mensagens hoje à tarde. Nós íamos sair hoje à noite.

Dessa vez, Izzy deixou as lágrimas caírem.

— Eu sei, e tentei convencê-la do contrário, mas ela achou que era melhor assim.

A mistura de emoções dentro de mim se intensificou.

— Onde diabos ela está?

O tom de minha voz fez Izzy dar um passo para trás. Sabia que não deveria descontar minha raiva nela, mas se ela soubesse de algo e estivesse escondendo...

— Eu não sei. Ela se recusou a me contar, sabendo que teria de vê-lo porque queria que lhe desse isso.

Se Izzy estava mentindo, então era uma atriz fantástica, porque a bagunça em que ela estava se transformando lentamente era digna de todos os prêmios de atuação que você pudesse imaginar. Ela esticou o braço para me entregar um envelope branco. Peguei-o de sua mão e passei os olhos rapidamente pela carta, não querendo perder tempo para lê-la na sua frente.

— Ela queria que lhe dissesse que lamenta muito.

A raiva pulsou em mim, obscurecendo a maior parte dos meus pensamentos quando certas palavras da carta me chamaram a atenção. Como ela pôde fazer isso? Nossos planos e sonhos estavam entrelaçados um com o outro.

Eu não tinha certeza do que doía mais.

Pensamentos de tentar localizá-la inundaram meu cérebro, e até me dei ao trabalho de verificar rapidamente se ela tinha a opção de compartilhar sua localização no celular ativada. Nada. Absolutamente nada.

Só havia uma coisa que poderia fazer para me ajudar a encontrá-la: contar aos meus pais o que havia acontecido. Eles tinham mais dinheiro e recursos do que poderia imaginar, e esse era o próximo passo lógico.

— Eu vou sair, mas se ela ligar para você, entre em contato comigo imediatamente. — Eu sabia que Izzy já tinha meu número de celular por causa de um projeto em grupo que tivemos de fazer antes da formatura. Ela assentiu rapidamente e enxugou as lágrimas que haviam caído de seu rosto. Foi então que me ocorreu outra coisa. — Você está bem para dirigir?

A última coisa que precisava era que algo acontecesse com ela e que isso pesasse em minha consciência.

— Sim, vou ficar bem. E entrarei em contato se souber de alguma coisa.

Com apenas um aceno de cabeça, a dispensei e observei enquanto ela voltava para o carro e ia embora. Segui o exemplo e fui até o meu. Quando abri a porta do lado do motorista, joguei a carta no banco do passageiro como se ela tivesse me queimado. De certa forma, havia queimado.

Olhei para o papel que estava no banco ao meu lado antes de ligar o carro. Haveria tempo para lidar com isso mais tarde.

Embora tenha deixado de lado os pensamentos sobre o conteúdo da carta, minha raiva não diminuiu. Ela apenas continuou a se desenvolver sob a superfície, e tinha certeza de que explodiria mais tarde.

As perguntas giravam em minha cabeça enquanto tentava entender o que estava acontecendo, mas não conseguia chegar em nenhuma resposta.

Muitos duvidaram de nosso relacionamento. Afinal de contas, nós dois éramos jovens. Minha família tinha muito dinheiro e era ligada à política, enquanto a mãe dela tinha dois empregos para sobreviver. Raven e sua mãe tinham sorte de sua casa estar na família há pelo menos uma geração e estar quitada, enquanto meus pais tinham várias casas.

Estava determinado a fazer isso dar certo quando ficou claro que ela não estava. E ela não podia nem mesmo dizer isso na minha cara.

A viagem até minha casa foi silenciosa, mas minha mente estava uma bagunça. Os pneus do meu carro rangeram quando pisei no freio em frente à minha casa. Charles, nosso mordomo, poderia levá-lo para a garagem mais tarde.

Coloquei o carro em ponto morto, fechei a porta e subi as escadas da frente da casa de minha infância. Eu sabia que devia estar parecendo infantil, mas não estava nem aí. Raven tinha ido embora sem me dizer nada na cara, e minha raiva e mágoa eram a única coisa em que conseguia pensar.

— Boa noite, senhor.

— Charles. — Eu não queria perder tempo com gentilezas.

— Chegou uma carta para você esta tarde, e a deixei na mesa do corredor.

Não processei racionalmente o que ele disse, mas fui até a mesa da frente e peguei o envelope preto. Deve ter sido meu dia de sorte, pois parecia que todos estavam me enviando correspondência. Eu sabia quem havia enviado, mas não esperava a receber tão cedo. Agora tinha dois envelopes, um branco e um preto, como se fossem duas peças de um quebra-cabeça que se encaixavam, como yin e yang. Muito parecido com o que meu relacionamento com Raven parecia para quem estava olhando de fora. E agora ela havia jogado fora tudo o que havíamos prometido um ao outro.

Virei o envelope preto para abri-lo, mas fui interrompido pela voz do meu pai.

— Nash.

Antes que pudesse abri-lo, olhei por cima do ombro e vi meu pai parado na porta que dava para a sala de estar. Ele não disse nada de imediato, preferindo me encarar. Estreitei os olhos com raiva, não me importando se não foi ele quem a causou.

— Venha comigo. Temos algumas coisas que precisamos discutir.

BRI BLACKWOOD

CAPÍTULO 4
RAVEN

Dias atuais

Minha mão apertou o volante enquanto dirigia e passava por uma placa conhecida.

"Bem-vindo a Brentson".

A placa com design elaborado tinha o objetivo de oferecer um abraço caloroso e mostrar a hospitalidade de Brentson. Eu podia ver como os recém-chegados se sentiriam acolhidos por ela. Eu senti tudo, menos que era bem-vinda.

A única coisa que me manteve calma foi a brisa fresca que parecia um sussurro suave em meu rosto enquanto dirigia pela cidade. O final de agosto até o início de setembro sempre foi uma das minhas épocas favoritas aqui. Com as folhas já mudando, a cidade ficava muito bonita. O que deveria ter sido um dia para relembrar os bons momentos que passei aqui, foi tudo menos isso. Passei muitas tardes durante o ensino médio na Sorveteria dos Smiths — ainda de pé e tão popular como sempre. Muitas de minhas lembranças de lá incluíam Nash Henson, alguém que tentei esquecer ao longo dos anos. E falhei todas as vezes.

Meu plano original era ir direto para a casa de Izzy, mas, no último minuto, fiz um desvio e acabei em frente à casa de minha infância. Fazia anos desde a última vez em que estive aqui e as lembranças dos bons momentos que passei lá me inundaram antes que pudesse detê-las. A casa tinha uma ótima aparência e sabia que a equipe que contratei para cuidar da minha propriedade tinha feito um bom trabalho. Essa era a única conexão que tinha com Brentson depois desses últimos dois anos. Tinha me assegurado de manter a casa funcionando, e ela me ajudou a ter uma renda que me permitiu mudar de cidade enquanto frequentava a faculdade virtualmente. Pensar em minha mãe fez meus lábios tremerem, e minhas emoções tomaram conta de mim e me senti prestes a chorar. Eu achava que o fato de estar longe por tanto tempo teria curado meu coração partido por ter que deixar minha casa muito rapidamente, mas não foi o que aconteceu.

Eu não conseguia sair do carro, o que provavelmente era uma coisa boa. Também poderia parecer suspeito se estivesse parada na frente da casa sem intenção de entrar. Deixando meus sentimentos de lado, digitei o endereço de Izzy no celular e saí da vaga de estacionamento em frente à minha casa.

Alguns minutos depois, e com um suspiro pesado, dirigi meu velho Toyota Camry para o campus da Universidade de Brentson. Outra placa de boas-vindas me recebeu e logo notei a arquitetura antiga, porém bem preservada, que via com frequência quando era menina. Borboletas se agitaram em meu estômago enquanto observava o ambiente ao meu redor. O que antes era a Universidade dos meus sonhos agora era o meu pesadelo. Quando criança, esperava que um dia me matriculasse na Brentson. Agora que tinha a oportunidade, parecia que o inferno tinha me engolido inteira.

A transferência para a Universidade de Brentson foi muito mais simples do que imaginava e, por isso, estava grata. Não ter que lidar com isso, além de tudo o mais, foi crucial para me ajudar a me preparar para essa mudança para o outro lado do país.

Enquanto continuava dirigindo, olhei o mapa no meu celular antes de desligar o GPS. Eu sabia onde estava agora. Algumas coisas haviam mudado nos últimos dois anos, mas a maior parte do que lembrava sobre essa cidade permaneceu igual. Lembrando-me das últimas orientações do GPS, naveguei até uma pequena casa e entrei na garagem. Parecia bem conservada, o que não era surpreendente, já que era propriedade da universidade.

Fechei os olhos e fiz uma oração silenciosa de agradecimento. Meu velho bebê me trouxe até aqui sã e salva. Antes que tivesse a oportunidade de me mover, a porta da frente se abriu e uma mulher pequena apareceu, com cabelos castanhos escuros que rivalizavam com os meus e um enorme sorriso no rosto.

— Você está aqui!

Acenei com a cabeça e lhe dei um pequeno sorriso pelo para-brisa. Ver Izzy não fez nada para acalmar o nervosismo que tomou conta de meu corpo. Com uma mão trêmula, saí do carro, fechei a porta e respirei fundo. Ela desceu as escadas e me puxou para seus braços.

Era maravilhoso estar com Izzy. Nos vimos pessoalmente algumas vezes ao longo dos anos, mas fazia meses que não nos encontrávamos.

— Que bom que você chegou bem. Eu estava louca para saber mais sobre por que você decidiu se transferir para cá no nosso terceiro ano.

Não havia muito que pudesse lhe dizer, pois precisava fazer o melhor possível para garantir que ninguém mais fosse afetado por essa confusão.

— Izzy, lhe contarei tudo. Eu prometo.

Isso pareceu satisfazê-la, pois um sorriso voltou a aparecer em seu rosto.

— Temos que te instalar. Você mencionou que estava tendo problemas para encontrar um lugar e queria que você soubesse que sempre pode ficar comigo. Sei que não há a menor chance de você voltar para casa.

— Agradeço a oferta, mas sei que encontrarei algo perto do campus.

Izzy cruzou os braços, irritada.

— Bem, você pode ficar conosco até encontrar.

Mudei meu peso de um pé para o outro. Sabia que ela tinha colegas de quarto e não estava entusiasmada com a perspectiva de ter de ficar com completos estranhos, mas não tinha muita escolha no momento. Minha mudança de volta para Brentson tinha sido um tanto repentina e inesperada, mas sabia que precisava fazer isso. Estar aqui agora era onde deveria estar, quer eu gostasse ou não.

— Ok.

— Boa! — exclamou Izzy com a alegria de criança. — Já faz muito tempo que não passamos tempo juntas. Estava esperando por isso desde que você disse que voltaria há alguns dias. — Sem dizer mais nada, Izzy me puxou para outro abraço.

— Eu também estava esperando por isso. — Isso não era uma mentira. Estava ansiosa para passar um tempo com Izzy. Só não esperava que fosse acontecer dessa maneira.

— Ah, não.

Izzy sussurrou em meu ouvido porque ainda estávamos abraçadas. Estava claro que algo estava errado. Quando seus braços se soltaram e recuperei a capacidade de me mover, olhei por cima do ombro antes de virar meu corpo completamente. Do outro lado da rua estava a última pessoa que estava pronta para ver novamente.

Minha respiração ficou presa no peito quando seus olhos pousaram em mim.

Nash.

Ele ainda estava tão bonito quanto me lembrava. Seu cabelo loiro escuro estava mais curto do que no ensino médio e, embora estivesse em forma naquela época, ele havia ficado maior e ganhou mais músculos nos anos que se passaram desde a última vez que o vi.

Qualquer esperança que tivesse de que ele pudesse ter esquecido todas as coisas que fiz foi frustrada quando seus olhos se estreitaram. Ele me encarou. Com base na expressão de seu rosto, sabia que se ele pudesse ter rosnado para mim de onde estava, o teria feito. Pelo menos foi o que pensei. Afinal de contas, não o conhecia mais.

Nash não estava sozinho e logo o cara que não reconheci desviou sua atenção de mim. Mas, ao sair, ele me lançou um último olhar.

Eu o observei se afastar, sem culpá-lo nem um pouco por sua reação. Com base no que fiz anos atrás, esperava que fosse pior.

Meu nome pode ser Raven Goodwin, mas eu estava longe de ser boa, como o "good" em meu sobrenome sugeria.

CAPÍTULO 5
NASH

Eu sabia que meus olhos estavam me pregando uma peça. Não havia a menor chance de Raven Goodwin ousar aparecer em Brentson. Depois do que ela fez, não poderia pensar que tudo teria sido apagado e enterrado. Fazia vinte minutos que não a via e, ainda assim, a imagem dela estava gravada em minha memória.

Aquela mentirosa...

— Nash, cara! Que porra é essa?

A pergunta de Easton fez com que olhasse para a minha mão e descobrisse que o café que havia pedido há dez minutos estava agora em toda a minha mão por eu ter esmagado o copo. Easton me olhou fixamente antes de jogar uma tonelada de guardanapos em minha direção.

— É melhor você limpar cada gota disso também.

— Ou o quê?

Minha pergunta não era grande coisa. Eu o desafiava a listar as consequências que nós dois sabíamos que nunca se concretizariam. Afinal de contas, ele sabia qual era a sua posição e que eu não aceitaria nenhuma merda dele. O olhar que me dirigiu me disse que queria falar alguma coisa, mas não o fez. Ótimo. Foi a coisa mais inteligente que ele fez o dia todo.

— Nash, eu posso ajudá-lo a limpar isso?

Sorri para Easton antes de me voltar para a garota que apareceu aleatoriamente.

— Claro.

Limpei minha mão enquanto ela limpava o líquido sobre a mesa. Easton balançou a cabeça enquanto observávamos a cena se desenrolar à nossa frente. Outra garota se aproximou e a reconheci como a que havia nos servido o café quando chegamos. Dei-lhe um pequeno sorriso quando ela me entregou outro café e vi seu rosto ficar corado. Easton também notou isso e revirou os olhos, mas não disse nada. Ele esperou até que saíssemos da cafeteria para dizer qualquer palavra.

— Sabe, você é o filho da puta mais sortudo que já conheci.

Dei de ombros. Esse comportamento não estava fora do normal para mim e, desde que nos conhecemos, esse tem sido o caso. Na verdade, ele se beneficiou disso em mais de uma ocasião.

Saímos dali, permitindo que os olhares nos seguissem ao passarmos. Era algo que geralmente acontecia, e já estava acostumado a isso. Ser o filho do prefeito da cidade e quarterback dos Bears da Universidade de Brentson tinha muitas vantagens, inclusive chamar a atenção local e nacional.

— Escute, cara...

O toque do meu celular interrompeu Easton. Peguei-o e vi que era meu pai.

— Um segundo — disse antes de atender. — Sim?

— Queria lembrá-lo sobre o jantar de hoje à noite.

— Não esqueci. — E era verdade, por que como poderia? Ele ou minha mãe estavam me lembrando disso dia sim, dia não, nas últimas duas semanas. Além disso, seria muito melhor enviar uma mensagem de texto a fazer uma ligação.

— Chegue vinte minutos mais cedo para que não haja chance de se atrasar.

Olhei para o céu antes de olhar para Easton. Entre encontrar a garota que tentou arruinar a minha vida e a da minha família e essa merda, eu estava fadado a perder a cabeça.

— Estarei lá.

— Obrigado. Vejo você em algumas horas.

Ele desligou antes que eu pudesse fazer isso, e coloquei o celular de volta no bolso.

— Deixe-me adivinhar. — Ele fez uma pausa enquanto fingia estar pensando. — Seu pai.

— O que o denunciou?

— A expressão de irritação em seu rosto?

Isso era um fato e estava ficando cada vez mais evidente a cada dia. Quando seu pai era o atual prefeito de uma cidade, era incutido em você o dever de manter as aparências e, se fizesse qualquer coisa que pudesse se tornar uma manchete, deveria mantê-la em segredo ou enterrá-la. Não posso negar que fiz muitas coisas que deveriam ter sido notícia de primeira página dos jornais em Brentson, mas não foram por causa da tenacidade de meus pais em ter sucesso, não importa o que acontecesse.

Com o apoio de minha mãe, a próxima meta de meu pai era concorrer ao cargo de governador de Nova Iorque. Embora ele se mantivesse discreto em público, a decisão era definitiva. Esse foi um dos motivos pelos quais eles pediram que eu participasse de um pequeno jantar em sua casa hoje à noite. Se tivesse feito planos, não teria feito diferença. Provavelmente, meu pai teria pedido à minha mãe que me ligasse e chorasse no meu ouvido a fim de me culpar para comparecer. A mesma coisa, em um dia diferente.

Isso não quer dizer que não goste de meus pais. Só que, às vezes, o foco deles na carreira política do meu pai se sobrepunha às coisas que eram importantes para mim.

Depois de me despedir de Easton, entrei no saguão do prédio onde moro e cumprimentei Oscar com um sorriso apertado. Quando saí do elevador e cheguei à porta da frente, fechei a porta com força. Ter todo esse lugar só para mim e não ter de lidar com outras pessoas, especialmente quando estava de mau humor, era fantástico. Embora pudesse ser extremamente extravagante para um estudante universitário, não estava nem aí.

Claro, o porteiro era um exagero e algumas das comodidades eram demais, mas tínhamos de manter as aparências o máximo possível. Tínhamos condições de pagar e o prefeito Henson se recusava a ter seu único filho morando em um casebre.

Minha mãe e um designer de interiores dedicaram tempo para criar a aparência desse apartamento porque eu não me importava. Tinha um lugar para fazer o que precisava para me preparar para o dia e para dormir à noite. Toda a decoração extra era agradável, mas com tudo o que tinha em minha agenda, às vezes mal ficava aqui. Tinha que admitir que o branco, o cinza e o marrom que predominavam em todo o espaço eram o que eu gostava, então eles tinham feito um ótimo trabalho. Meu pai também não se importava com o design, mas ele foi um belo pano de fundo para um perfil que um repórter fez sobre nossa família há alguns meses.

Às vezes, só de pensar em meu pai, ficava furioso. No entanto, o aborrecimento com ele lentamente se transformou em irritação comigo mesmo, porque mesmo agora não conseguia tirar Raven da cabeça.

Que diabos ela estava fazendo aqui?

A raiva que sentia dela ressurgiu imediatamente quando vi seu rosto. Seria mentira se dissesse que não havia pensado nela ao longo dos anos. Fomos namorados no ensino médio e prometemos conquistar o mundo juntos, até que ela jogou tudo fora.

E então descobri por meu pai porque ela tinha ido embora.

JOGO *Ardiloso*

Revirei os olhos para mim mesmo por passar mais um segundo pensando nela. Fui até meu armário e encontrei um terno preto feito sob medida, camisa branca, gravata e sapatos pretos. Se parecia que eu estava indo para um funeral, que fosse. Era como me sentia.

Como ainda tinha algumas horas para gastar, fui pegar uma cerveja na geladeira. Meu progresso foi interrompido porque a campainha tocou. Normalmente, se recebesse visitas, o porteiro do meu apartamento ligaria para perguntar se estava esperando alguém ou se queria que eles viessem me ver. Como nada disso aconteceu, deve ser outra coisa.

Dei uma olhada pelo olho mágico antes de abrir a porta. Era o Oscar com um sorriso enorme no rosto. Só podia ser falso, por que quem diabos estaria tão alegre a cada segundo do dia?

— Sr. Henson?

— Sim? — Eu estava acostumado a ser chamado assim.

— Isto chegou para o senhor. Eles me pediram para entregá-lo imediatamente.

Quem eram eles? Olhei para baixo e vi que ele estava segurando um envelope preto e tudo se encaixou. Somente algumas pessoas sabiam tudo o que esse envelope continha, e agora era minha vez de descobrir. No entanto, tinha uma boa ideia do que havia nele. Era algo para o qual vinha me preparando durante a maior parte da minha carreira universitária.

Não peguei o envelope imediatamente e pude ver Oscar olhando para mim com curiosidade em seus olhos. E ela teria de permanecer porque não havia a menor chance de ele saber o que estava naquelas páginas.

— Era isso? — perguntei.

Quando Oscar confirmou que era, peguei o envelope preto de sua mão e sussurrei meus agradecimentos antes de fechar a porta atrás de mim.

Sem abri-lo, sabia o que pelo menos parte da carta diria. Em alguns dias, começariam as provas de liderança para Chevalier.

Eu tinha algum tempo para gastar antes de me preparar, então abri o envelope e li seu conteúdo:

Caro Nash,

Você foi escolhido para ser um dos representantes dos Eagles quando iniciarmos o processo de seleção do nosso próximo líder.

Você deverá comparecer à Mansão Chevalier no próximo domingo à noite, às 21 horas, onde aguardará sua primeira tarefa. Mais informações serão fornecidas quando você chegar.

Atenciosamente,
Tomas
Presidente dos Chevaliers, Universidade de Brentson

Encostei-me na bancada e deixei as palavras passarem pela minha mente repetidamente. Era algo que estava esperando durante toda a minha carreira universitária e chegou o momento. Eu havia demonstrado minha dedicação à missão da Chevalier e isso tinha valido a pena. Estava traçando meu próprio caminho e agora estava um passo mais perto de atingir minha meta de me tornar o próximo presidente da seção dos Chevaliers da Universidade de Brentson.

Se eu tivesse que dar para mais alguém outro sorriso forçado, ia perder a cabeça. Eu não queria estar aqui, e achei que meu aborrecimento era evidente. Isso não parecia importar, porque vários convidados dos meus pais não tiveram problemas em vir até mim para apertar minha mão e puxar conversa.

Muitas dessas pessoas estavam aqui para me bajular. Eu estava acostumado com isso, mas minha paciência para essa noite era inexistente. Não queria socializar e preferia estar em casa bebendo uma cerveja a ter que lidar com essa merda. Eu sabia que muitas das pessoas que estavam aqui esperavam ser contratadas pelo meu pai enquanto ele explorava a possibilidade de concorrer a um cargo mais alto. Essa era uma oportunidade para meu pai conversar com eles, obter informações e decidir se gostaria de ter alguma das pessoas desta sala em sua equipe, caso decidisse concorrer. Quase bufei porque não havia a menor chance de ele não se candidatar.

De repente, levei uma cotovelada no estômago e olhei para o local onde fui atingido antes de olhar para o autor: minha irmãzinha.

Ela se inclinou e disse:

— Você poderia ao menos fingir que quer estar aqui?

— Você poderia pelo menos fingir que não está bebendo enquanto é menor de idade? — Fiz um gesto para a taça de vinho em sua mão.

Bianca deu de ombros e tomou um gole exagerado de sua taça antes de voltar seu olhar para mim.

— É a única maneira de tornar essa noite mais suportável.

Ela estava certa.

— O papai vai chegar e vai ficar irritado com... essa exibição porque você ainda é menor de idade.

— Que ele fique irritado então.

Não pude deixar de sorrir porque ela havia aprendido com os melhores. Eu gostava do fato de que ela não deixava a ambição de nossos pais afetar o que quer que fosse fazer. Era uma das muitas maneiras de nos vingarmos deles quando éramos o pensamento mais distante de suas mentes enquanto decidiam tomar decisões que nos afetariam.

Eu tinha que admitir que era mais meu pai do que minha mãe, mas ela tendia a concordar com o que ele ditava. Ela não via motivo para não o fazer, porque, a seu ver, ele nunca estava errado.

Até que ele fez o impensável.

O tilintar de uma colher em um copo chamou nossa atenção para a frente da sala. Lá estavam meus pais em toda a sua glória.

Van Henson estava imponente na frente da sala com um terno azul-marinho que custava mais do que algumas pessoas ganhavam em um ano. Minha mãe, Elizabeth, combinava com meu pai em um vestido branco e, juntos, formavam um casal deslumbrante. A imagem perfeita era a melhor palavra que poderia ser usada para descrevê-los juntos. Embora ambos tivessem seus demônios, com certeza sabiam como manter as aparências quando chegava a hora.

Minha mãe fez um gesto para que Bianca e eu fôssemos até eles, e dei um passo para o lado para que minha irmã pudesse andar na minha frente. Meu pai nos deu um pequeno sorriso quando tomamos nosso lugar ao lado deles antes de nos dirigirmos à multidão.

— Sejam bem-vindos à nossa casa. Se precisarem de outra bebida antes de irmos para a sala de jantar, não hesitem. Quando nos sentarmos à mesa, o jantar será servido logo em seguida e então poderemos conversar sobre o que está por vir.

Depois que meu pai terminou de falar, nossa família se virou e caminhou em direção à sala de jantar. Quando estávamos vários metros à frente dos outros, meu pai se inclinou para mim e disse:

— Bom trabalho, hoje. Continue assim.

Suas palavras deveriam ser de incentivo, mas havia um indício de outra coisa por trás. Havia decepção e ele me desafiava a estragar essa noite para ele, mas essa não era a única coisa. Algo que ele nunca admitiria externamente, mas eu sabia.

Ele não queria me irritar porque não queria arruinar nenhuma chance de eu conseguir o que ele não tinha conseguido: ser Presidente dos Chevaliers.

CAPÍTULO 6
RAVEN

O vento tinha aumentado hoje, mas não era por isso que estava tremendo. Foi porque os olhares que me seguiram quando entrei no Centro Virgil Cross eram inquietantes. Algumas pessoas desviavam o olhar quando eu chegava perto delas, mas outras olhavam como se estivessem vendo um acidente de carro acontecer diante de seus olhos. Talvez estivessem mesmo.

— Ignore-os, Raven. Logo seu retorno será notícia velha — sussurrou Izzy enquanto ajeitava minha mochila e continuava meu caminho.

Ter vivido os últimos dois anos longe daqui e ter sido mantida nas sombras por tanto tempo não me preparou para ser o centro das atenções. Pensei que, como estávamos todos na faculdade, ninguém se importaria com o fato de alguém novo ter sido transferido para cá, mas, claramente, estava errada. Reconheci algumas pessoas do ensino médio na Brentson High, mas havia alguns rostos desconhecidos.

Não me concentrei muito nesse pensamento durante a viagem de volta à cidade, mas é claro que deveria ter me concentrado. Talvez estivesse mais bem preparada para aquela ocasião, mas esperava que todos nós já tivéssemos superado a mentalidade de colegial que estava sendo exibida naquele momento.

Eu estava claramente enganada.

Mantenha seus olhos no prêmio, Raven.

Lembrei-me da carta que agora estava enterrada em uma das minhas malas, uma tentativa de esconder seu conteúdo do mundo. Em vez de esconder o rosto por causa de todos os olhares que recebia, entrei com a cabeça erguida e os olhos voltados para a frente. A carta já estava quase enraizada em meu cérebro.

Se quiser saber o que aconteceu com sua mãe, volte para Brentson. Você receberá mais instruções em breve.

Eu me lembrava dessa frase como se tivesse acabado de ler a carta. No dia seguinte, recebi um pacote pelo correio, dando-me as boas-vindas à família da Universidade de Brentson. Sabia que aquelas deviam ser as instruções adicionais de que a carta falava. Estranho? Sim, mas faria qualquer coisa para saber mais sobre o dia em que minha mãe foi morta. Se isso me trouxesse a conclusão que nunca havia recebido, estava disposta a aceitar.

A coisa toda era assustadora. Como essa carta havia me encontrado quando eu não havia dito a ninguém onde estava, além do administrador da propriedade que contratei. Como eles conseguiram me matricular na Universidade de Brentson, uma instituição de prestígio, sem meu conhecimento. Essas são as coisas que não contei à Izzy porque tinha medo de parecer que estava enlouquecendo.

Afastei a lembrança e me inclinei na direção de Izzy.

— Ninguém se esqueceu do que aconteceu quando eu fui embora — sussurrei para ela.

— Realmente, foi um grande acontecimento para esta cidade. Além disso, ninguém conseguiu ouvir seu lado da história.

Ela tinha razão, e podia ouvir o significado implícito do que ela acabara de dizer. Izzy também não sabia a razão para eu ter deixado Brentson, e havia feito isso de propósito. Não queria que outra vida fosse arruinada por minha causa.

Depois que saí da cidade, procurei o jornal local enquanto estava na estrada e as histórias sobre o que eu havia feito foram noticiadas por meses. Ficou claro que o jornal estava se esforçando ao máximo para "desvendar o caso Goodwin" e descobrir por que eu saí da cidade meses após a morte de minha mãe. Embora algumas suposições tenham sido interessantes, nenhuma das soluções apresentadas estava correta. Ninguém jamais saberia o que aconteceu, a menos que as pessoas envolvidas explicassem. E com certeza isso não viria de mim. Eu já havia perdido o suficiente e não queria perder mais, se pudesse evitar.

Eu poderia mentir para mim mesma e dizer que nada disso importava, além do que precisava fazer, mas importava. Tudo isso importava, mas me recusava a deixar que seus olhares e murmúrios me distraíssem do que tinha de fazer.

Não deixe que eles a peguem perdendo o controle.

Deixei as palavras de minha mãe fluírem sobre mim enquanto empurrava meus ombros para trás e corrigia a minha postura. Eu não me encolheria sob seus olhares.

As coisas melhoraram quando passamos pelo refeitório e finalmente

JOGO *Ardiloso*

31

pudemos nos sentar para almoçar. A atenção se desviou de mim para os programas de televisão diurnos que estavam passando e que pareciam encantar todo mundo. E não os culpava por isso.

A única coisa que poderia ter piorado a situação era ver Nash. Felizmente, isso não tinha acontecido, mas, do jeito que o meu dia estava indo, não ficaria surpresa se o encontrasse. O nervosismo que senti com a perspectiva de encontrá-lo me fez lembrar de quando ele me notou pela primeira vez durante a aula de história da Sra. Lehman em nosso primeiro ano. Eu sabia que ele estava fora do meu alcance quando nos conhecemos, mas ele estava determinado em fazer com que ficássemos juntos e a me provar que estava certo. E ele o fez até que eu saí de Brentson como um morcego foge da luz. O inferno poderia ser um lugar mais agradável do que Brentson seria se eu tivesse ficado.

— Isso foi interessante, para dizer o mínimo. — O comentário de Izzy interrompeu minhas divagações.

— Conte-me como foi — disse enquanto mordia a pequena fatia de pizza que havia pegado em uma das estações de alimentação.

— Poderia ter sido pior, não é?

— Considerando o meu histórico? Sim.

Isso fez com que Izzy bufasse e eu contive um sorriso. Isso aliviou um pouco a tensão que havia crescido por causa da minha entrada no refeitório.

— Como foram suas aulas hoje?

Eu gostei do fato de Izzy ter mudado de assunto, porque esse deveria ter sido o maior acontecimento com que teria de lidar hoje. Embora ainda fosse, os olhares fixos que tinha acabado de suportar quase me tiraram o brilho.

— Tudo correu bem. Ainda bem que saímos da sua casa mais cedo do que o planejado, porque me perdi no caminho para a aula.

— Minhas instruções não te ajudaram?

Izzy me acompanhou em parte do trajeto até o prédio onde ocorria minha primeira aula, mas, depois que ela saiu, não foi preciso muito para que me perdesse.

— Ajudou, mas virei à esquerda em vez de virar à direita e acabei me perdendo por causa disso.

— Oh, me desculpe — disse ela.

— Não é sua culpa. Você fez o seu melhor e acho que, por ainda não conhecer o campus e estar nervosa com o meu primeiro dia, me preparei para um desastre. Mas encontrei a biblioteca.

Izzy fez uma careta.

— Não vou mentir. Eu tento evitar a biblioteca o máximo possível.

— É claro que você tentaria. Não há muita festa por lá, então por que você iria?

— Ai. Vou deixar esse comentário passar porque estou tentando ser uma pessoa melhor.

No entanto, não havia como ela dizer que eu estava errada. Embora Izzy fosse bem na escola, segundo ela, estava fazendo o possível para se divertir muito já que tinha quase 21 anos. Eu não podia culpá-la, embora não fosse a minha praia.

— Para se redimir comigo, vou arrastá-la para uma das festas de Brentson, quer você goste ou não.

— Eu tenho direito de opinar sobre isso?

— Não, nem um pouco. Além disso, ainda tem a festa do meu vigésimo primeiro aniversário.

Levantei uma sobrancelha para ela.

— Por que isso parece mais uma excursão do que apenas uma festa no campus?

Seu sorriso cresceu e quase tomou conta de seu rosto.

— É porque é. Assim que finalizar os detalhes, lhe aviso.

Dei de ombros.

— Tudo bem. Tanto faz.

— Ótimo! — disse Izzy com um entusiasmo excessivo. Ela olhou para o meu rosto antes de seu humor melhorar. — Se você não quiser vir...

— Não tem problema. Eu juro.

Izzy me olhou antes de tomar um gole do café gelado que havia pedido. Eu podia sentir seu julgamento daqui. Seus olhos castanhos escuros se concentraram nos meus azuis.

— Eu estarei lá. Pelo menos no seu vigésimo primeiro aniversário. Perdi vários aniversários e quero estar aqui nesse. — Isso valeu para os dois lados, porque comemorei meu vigésimo primeiro aniversário sozinha cerca de uma semana antes de voltar para Brentson.

Izzy me deu um pequeno sorriso, confirmando minha afirmação. Embora tenha enviado uma mensagem de texto a parabenizando, não era a mesma coisa que estar lá para comemorar com ela pessoalmente.

Ela se inclinou para mais perto de mim e sussurrou:

— Nunca guardei nada disso contra você. Entendi por que você foi embora e não a culpo de forma alguma.

Seu voto de confiança tomou conta de mim e me fez me sentir à vontade, mas só por um momento. Ela não sabia nem metade do que havia acontecido comigo, e me perguntei se ela se sentiria da mesma forma se soubesse a história completa.

— Obrigada. — Foi a única coisa que consegui pensar em dizer.

Izzy acenou para mim.

— Não precisa me agradecer. Eu te protegi e te defendi quando a notícia foi divulgada.

Se eu fosse honesta comigo mesma, gostaria que ela não tivesse me apoiado publicamente anos atrás. Felizmente, ela recebeu poucas reações negativas por ter se posicionado a meu favor. Pelo que ela disse alguns meses depois de eu ter ido embora, as coisas tinham se acalmado um pouco com o passar do tempo e, embora o ocorrido fosse mencionado vez ou outra, tinha se tornado quase como uma lenda urbana. Até agora.

Seria benéfico limpar meu nome? Com toda certeza, mas também temia que o risco de fazer isso fosse muito grande. Todos já tinham uma opinião formada sobre mim, então qual era o sentido?

Não importava o fato de que a convocação que havia recebido tornava isso muito mais difícil. Ao invés de continuar conversando com Izzy, meus olhos pousaram no prato de comida à minha frente e de repente meu apetite desapareceu depois de pensar na carta que havia recebido.

Suspirei e continuei a empurrar a comida em meu prato enquanto a sensação de pavor voltava à minha mente. Quando me levantei e deixei de olhar para a comida à minha frente, meus olhos se cruzaram com os de vários outros alunos que se viraram para olhar em minha direção. Quando nossos olhares se cruzaram, eles voltaram a se preocupar com seus próprios assuntos, e não com os meus. Sem dúvida, sabia que este seria um ano interessante na Universidade de Brentson.

CAPÍTULO 7
RAVEN

Eu gemi ao olhar para o livro que estava aberto na minha frente. Esse trabalho não ia se escrever sozinho, mas não conseguia convencer minha mente disso. Em vez disso, recostei-me na cadeira e esfreguei as mãos no rosto. Esse trabalho poderia esperar mais alguns minutos.

Fechei os olhos, permitindo que a música que passava pelos fones de ouvido tomasse conta dos pensamentos que vagavam pela minha cabeça. Eu precisava da distração, mas disse a mim mesma que seria temporária. Talvez uma visita à sorveteria Smith's fosse uma recompensa justificável por estar aqui, mesmo que não tivesse concluído todas as coisas que queria fazer.

A biblioteca havia se tornado minha casa longe de casa. Era onde estava começando a me sentir mais confortável. A casa de Izzy era agradável, mas ela tinha mais três colegas de quarto. Embora não fossem rudes, também não eram exatamente acolhedoras. Parte de mim entendia isso, já que minha chegada foi muito repentina. Tudo isso significava que precisava encontrar um lugar para ficar fora do caminho de todos e, para mim, esse lugar era a biblioteca.

Escolhi um canto tranquilo no segundo andar e estava ocupada destacando passagens de um dos meus livros de história. Ou pelo menos estava tentando.

Meu cérebro se recusava a se concentrar nas palavras da página, por mais que eu tentasse. Isso não era incomum para mim, mas normalmente minha medicação para TDAH me ajudava. Hoje foi um daqueles dias em que não tomei meus remédios e agora estava pagando o preço. A dor de cabeça que estava se formando perto da minha têmpora também não estava ajudando. Não é que o que eu estava lendo fosse chato. História era algo que me interessava, então não era isso.

Em vez de tentar forçar, tirei o rabo de cavalo que havia feito quando cheguei, fechei os olhos e tentei aliviar a dor antes que ela piorasse. Colocar dois dedos na lateral da cabeça e esfregar em movimentos circulares ajudou, mas talvez fosse um sinal de que precisava voltar para casa.

Quando abri os olhos, minhas mãos foram até a boca para evitar que qualquer som escapasse. É claro que Nash Henson escolheria estar no mesmo andar que eu, no mesmo horário que eu. Quais eram as chances?

Não havia como me esquivar sem que ele pudesse me ver. Abaixei a cabeça como se estivesse lendo as palavras na página à minha frente e torci muito para que meu cabelo fosse suficiente para cobrir meu rosto. Ele estava conversando com outro cara em voz baixa, então esperava que isso fosse suficiente para distraí-lo. Prendi a respiração enquanto esperava que ele passasse.

Quando ele não se aproximou de mim, soltei a respiração que estava prendendo. Não vi para onde ele tinha ido, mas considerei isso uma vitória.

Depois de vê-lo, sabia que não conseguiria fazer mais nada. Por outro lado, não era como se estivesse fazendo alguma coisa antes de ele aparecer. Arrumei minha mochila, joguei uma alça sobre o ombro e me afastei da mesa em que estava há duas horas.

Quando estava passando por uma fileira de estantes, uma mão agarrou meu braço e, antes que pudesse gritar, outra mão cobriu a minha boca. Senti que estava sendo arrastada para trás enquanto lutava contra meu agressor, mas não adiantava. A pessoa era maior e mais forte do que eu. Olhei em volta enquanto tentava agarrar a mão da pessoa, esperando que alguém visse o que estava acontecendo ou que tivesse câmeras por perto, mas não vi ninguém.

Houve uma pequena pausa em nossos movimentos quando ouvi uma porta se abrindo atrás de mim e esperei que essa fosse uma chance de escapar, mas não adiantou. Foi então que percebi que havia sido arrastada para o que parecia ser um corredor. Foi só quando a pessoa me jogou contra uma superfície dura que percebi que estava em uma escada e que meu agressor era Nash.

— Ai! — gritei, mas minhas palavras foram abafadas porque sua mão estava cobrindo minha boca.

Nash se abaixou para me olhar diretamente nos olhos. O medo cresceu dentro de mim enquanto me perguntava o que ele faria em seguida.

— Só vou lhe dizer isso uma vez. Ninguém quer você aqui, Goodwin. Vá embora e volte para o buraco de merda de onde você saiu. Afinal de contas, você é boa nisso.

A repulsa em seu rosto deixou evidente que ele estava falando de si mesmo e de mais ninguém. A forma como sua aversão a mim escorria de sua língua enquanto dizia meu sobrenome me fazia sentir nojo. Suas palavras deslizaram pelo meu corpo, deixando um rastro de mil facadas. Quando estávamos namorando, ele nunca se referiu a mim pelo meu sobrenome. Por mais que odiasse admitir, isso me machucava em outro nível. Não imaginei que ele ainda teria esse efeito sobre mim. Pensei que, com o tempo, ele e eu teríamos seguido em frente, mas pelo impasse que estava ocorrendo na minha frente, o tempo não havia curado todas as feridas.

Quando minhas palavras saíram distorcidas contra sua mão, ele disse:

— Vou tirar minha mão, mas se você gritar, berrar ou emitir um som que possa alertar alguém sobre onde estamos, você vai se arrepender. Entendeu?

Assenti com a cabeça. Quando ele retirou a mão, fiquei temporariamente atordoada com o que acabara de acontecer e com uma leve dor nas costas por ter sido jogada contra a parede. Sem dúvida, sabia que ele poderia ter me jogado contra a parede com mais força, e me perguntei por que ele não o fez. Será que isso era apenas um aviso do que estava por vir?

A umidade se formou no canto do meu olho, e rezei para que não caísse ou resultasse em mais lágrimas. Embora quisesse estremecer e me encolher em uma bola, mantive a cara séria, recusando-me a dar a ele a satisfação de ter acabado de me machucar física e mentalmente.

— Agora repita o que você disse.

Antes de falar, respirei fundo.

— Eu disse que você só está falando por si mesmo, então pode enfiar sua opinião no saco. Não me importo mais com o que você pensa, e não me importo há muito tempo.

Por um breve segundo ele pareceu surpreso com minha resposta. Seu choque não durou muito, porque então ele disse:

— Você se tornou uma vadia desde a última vez que eu te vi.

Ele disse isso com tanta naturalidade que quase ri. Fiquei surpresa com minha reação. O fato de ele me chamar de vadia normalmente me deixaria irritada, mas estava muito calma. Fora o xingamento, sua resposta foi válida. Quando estive em Brentson pela última vez, fiz o possível para passar despercebida. Não fazer barulho era a forma como se sobrevivia ao ensino médio, mas esse não era mais o ensino médio. Desde que acabou, tudo havia mudado.

Mas isso não deveria ser surpreendente. Embora tenham sido apenas dois anos, foram os anos mais difíceis de minha vida. Foi importante para mim aprender a me proteger sozinha porque a única pessoa com quem pude contar foi eu mesma.

JOGO *Ardiloso*

Antes que pudesse dizer mais alguma coisa, Nash falou novamente.

— Veja como você fala comigo. — Sua voz se aprofundou. A única outra vez que ouvi a voz de Nash ficar tão grave foi quando estávamos nos beijando e ele queria levar as coisas adiante. Dessa vez, no entanto, ela foi acompanhada de um aviso de que eu estava pisando em gelo fino com ele. Mas não me importava.

Todos os sinais estavam me alertando para recuar e me afastar enquanto ainda podia, mas me recusei a me convencer a fazer isso.

Eu me levantei, determinada a mostrar que ele não iria me intimidar e me calar. Estava aqui para descobrir o que aconteceu com minha mãe e não ia deixar que esse idiota fizesse qualquer coisa para impedir que isso acontecesse. Enquanto meus olhos percorriam seu corpo, me lembrei de como ele era mais alto do que eu. Seu corpo costumava me trazer tanto conforto, mas agora me intimidava.

Eu endureci minha coluna antes de perguntar:

— Quem diabos o fez ditador de Brentson?

O fogo que ardia em seus olhos aumentou de intensidade. Eu me lembrava das coisas que o irritavam, das coisas que o tiravam do sério, mas não estava acostumada a ser o alvo de sua raiva. E era óbvio que ele também havia mudado com o passar dos anos.

Pelo menos seus sentimentos por mim haviam mudado. Não que nada disso fosse chocante, considerando o que eu fiz. Um pouco de arrependimento por ter deixado Brentson do jeito que deixei entrou em meu coração, mesmo com seus olhos azuis fixos em mim, desafiando-me a dizer algo mais que ele não gostasse.

Engoli com força e mudei minha abordagem para essa conversa.

— Veja, Brentson é um campus enorme. Podemos coexistir aqui e, quando nos encontrarmos, podemos simplesmente passar reto um pelo outro.

Ele zombou, inclinando-se mais uma vez para perto de mim.

— Você faz parecer tão fácil.

Recusei-me a conter minhas palavras.

— Porque é mesmo. Nós dois somos adultos e podemos nos manter o mais longe possível um do outro.

Olhei para a porta pela qual Nash havia me arrastado, esperando que alguém entrasse e pusesse um fim a essa discussão.

— Seria muito mais fácil fazer isso se você voltasse para o lugar de onde veio.

— Isso eu não posso fazer, Nash. Estou aqui agora e você terá que lidar com isso. Prometo que não vou incomodá-lo se você não me incomodar.

Dizer seu nome novamente foi estranho. Durante anos, pensei nele apenas dizendo seu nome em minha cabeça, mas agora estava aqui, na frente dele.

— Isso não vai funcionar para mim.

— Ah? E por que isso? — Eu cruzei os braços sobre o peito e observei como o olhar de Nash se dirigia para lá. Ele não tentou esconder nem um pouco o fato de que estava olhando para os meus seios. Revirei os olhos e limpei a garganta, atraindo sua atenção de volta para meus olhos.

— Porque meu ódio por você continua vivo. Vou fazer da sua vida um inferno.

Ao olhar fixamente em seus olhos, aqueles que eu achava que guardavam meu futuro, havia algo que não havia mudado. Sabia que ele estava falando muito sério e que, sem dúvida, ele quis dizer cada palavra.

CAPÍTULO 8
NASH

Eu tentei me convencer a não vir aqui pelo menos cinquenta vezes, mas ainda assim virei meu carro para esta rua. Estacionei meu sedã do outro lado da rua, em frente a casa de Raven, e desliguei o motor e os faróis. Minha janela ligeiramente aberta me permitiu ouvir alguns dos sons ao meu redor. Foi uma boa ideia não dirigir meu carro esportivo hoje, pois isso chamaria mais atenção para mim. Embora pudesse sentir a tensão se espalhando em ondas, uma pequena parte minha gostava de ficar sentado na escuridão e na natureza pacífica de tudo aquilo.

Só que não havia nada de pacífico na mulher que morava na casa do outro lado da rua.

O que não conseguia explicar a mim mesmo era por que tinha escolhido dirigir até lá. Esse lugar não faz parte do meu trajeto diário, mas estava aqui. Algo estava me atraindo para estar aqui, mas não sabia o quê. Ficar sentado do lado de fora da casa dela não fazia parte dos meus planos para o resto da noite, mas aqui estava eu. E nada me forçava a ligar o carro e sair daquela vaga de estacionamento.

Pude confirmar que ela ainda estava aqui, mesmo depois do meu aviso na biblioteca há várias horas. O carro batido para o qual ela tinha ido quando a vi pela primeira vez estava estacionado na entrada da garagem. Já tinha minha resposta sobre ela ter deixado a cidade ou não e, mesmo assim, continuei sentado aqui. Vê-la ainda era irritante pra caramba, mas sabia que ela era persistente.

Pena que essa mesma energia não foi encontrada em lugar nenhum quando ela desapareceu logo depois que nos formamos. Se tivesse vindo até mim, confiado em mim em vez de me trair, talvez as coisas tivessem sido diferentes. O ódio, a raiva e a fúria que sinto por ela não existiriam.

Eu sabia que ela estava estudando na biblioteca antes de ela se sentar. Eu tinha olhos em todo o campus e, se quisesse saber alguma coisa, não precisava mexer um dedo para descobrir.

Bem, havia uma coisa que eu não sabia, e somente uma pessoa poderia me dizer.

Por que diabos você voltou, Raven?

Mas não podia ir até a porta da frente dela e exigir que ela falasse comigo. Pelo menos ainda não. Em vez disso, estava segurando meu volante enquanto olhava para uma janela perto da frente da casa, imaginando se aquele era o quarto em que ela estava hospedada. Que porra estava acontecendo comigo?

Desde que ela voltou para a cidade, meu cérebro estava uma confusão. Não importava que minha surpresa ao vê-la pela primeira vez no que parecia ser uma eternidade tivesse feito com que uma dúzia de emoções diferentes passasse por minha mente a cem quilômetros por hora.

Eu não podia me dar ao luxo de ter essa distração agora e esse era um dos motivos pelos quais queria que ela voltasse para onde quer que estivesse nos últimos anos. As coisas tinham sido boas e a mágoa e a traição que senti depois de saber que ela tinha ido embora tinham se dissipado. Ou assim pensava.

Tudo dentro de mim estava me dizendo para ir embora, mas estava preso a esse lugar. Não havia nada para ver aqui, e tinha que descobrir outra maneira de tirá-la daqui, e isso poderia exigir mais medidas drásticas. Isso teria de esperar até depois de amanhã.

Quando meu celular vibrou ao meu lado, dei um leve pulo já que não esperava que ele fizesse barulho. Olhei para o visor e pressionei o botão na tela para abrir o texto.

> **Número desconhecido: O que você está fazendo pode ser classificado como perseguição, N.**

Não reconheci o número, mas o código de área era de Brentson. Se a pessoa que estava fazendo isso estava tentando me assustar, perdeu o tempo dela. Em vez disso, fiquei irritado porque como alguém ousa me observar... enquanto estou sentado aqui.

A ironia não passou despercebida. Olhei ao redor para ver se encontrava alguém, mas não havia ninguém. Tinha de haver alguma maneira de alguém estar me rastreando, mas quem? E como?

Com o canto do olho, vi um lampejo de luz antes de ouvir o motor dar partida. Um SUV de cor escura que não tinha notado antes acendeu os faróis. Eu não tinha notado ninguém dirigindo por essa rua ou entrando em qualquer um dos outros carros estacionados nesse quarteirão. Então, quem diabos era aquele? Era a pessoa que tinha acabado de me enviar a mensagem de texto?

Por que estava me perguntando sobre um carro aleatório na rua? Porque a chegada de Raven realmente me deixou confuso. Todos os meus pensamentos estavam voltados para ela, mas não podia deixar isso continuar.

As provas do Chevalier começariam amanhã à noite, e precisava me concentrar nisso. Eu também precisava me dedicar ao futebol, pois meu próximo jogo seria daqui a poucos dias. Equilibrar aulas, treinos e reuniões com os Chevaliers ocupava a maior parte do meu tempo. Agora havia isso.

Enquanto o SUV saía da vaga de estacionamento, dei uma última olhada pela janela. Nada havia mudado desde que eu chegara, e finalmente consegui me convencer a ir embora. Esperei até que o SUV escuro saísse e descesse a rua seguindo seu caminho pela noite.

O motorista não fez nada fora do comum e, quando estava chegando aos limites da cidade, fui forçado a parar em um semáforo, enquanto o SUV à minha frente conseguiu passar. Revirei os olhos, pois estava frustrado, e então me dei conta: por que eu tinha ido atrás do SUV, afinal? Sim, era curiosidade, mas sabia que era mais do que isso. Eu tinha muitas outras coisas para fazer, mas segui um carro que me deixou desconfiado do lado de fora da casa da minha ex-namorada.

Se alguém me visse agora, iria se perguntar se havia algo errado comigo. Isso não foi suficiente para me convencer a parar de tentar seguir o veículo. Dirigi mais uns oitocentos metros antes de decidir que não havia como alcançar aquele SUV e dei meia-volta. Durante o resto da viagem, me repreendi por ter saído do meu caminho para começar, e depois por ter terminado em uma perseguição inútil.

CAPÍTULO 9
RAVEN

Eu saí cambaleando do quarto em que estava hospedada para a sala de estar principal da casa. Tive muita sorte, pois uma das colegas de quarto de Izzy teve que se mudar no último minuto e pude ficar no lugar dela. Nosso proprietário não teve nenhum problema com isso e Izzy adorou. Suas colegas de quarto – e agora as minhas – pareciam tolerar a situação, pois pelo menos não precisavam desembolsar mais dinheiro com o aluguel.

A casa era clara e iluminada, e presumi que elas tivessem escolhido essa cor como tema por ser uma opção neutra que combinaria bem com os estilos de todas. Isso também facilitaria quando todas nós nos mudássemos e não teríamos que fazer nenhuma pintura. Tenho esperanças.

Afastei a cadeira marrom da mesa da sala de jantar e me joguei nela. Minha cabeça caiu sobre meus braços, amortecendo-a para que não batesse na mesa com um baque forte.

Era muito cedo para estar acordada, principalmente por ter passado a maior parte da noite me revirando na cama. Meu encontro com Nash ontem ainda se repetia em minha mente. Não importava o que tentasse fazer, não conseguia me livrar da sensação que me invadia quando pensava nele me empurrando contra a parede. Não sei o que esperava sobre ter que vê-lo novamente, mas não era com ele me encontrando na biblioteca e me fazendo ameaças.

Parte de mim queria contar a alguém, às autoridades ou à Izzy, o que havia acontecido comigo. No fundo, sabia que contar a alguém com algum poder estava fora de cogitação. A família Henson tinha muito poder nesta cidade e quem sabe quantas pessoas eles tinham comprado para manter seus atos sujos longe dos olhos do público. Eu sabia disso por experiência própria.

Contar à Izzy poderia ser uma opção, mas não sabia se dar a ela ainda mais informações sobre a situação em que estava envolvida colocaria um alvo maior em suas costas.

— Você ainda está acordada?

Balancei a cabeça uma vez antes de levantá-la e olhar para Izzy. Ela agora estava olhando para mim em vez de olhar para o fogão.

— Sim? Acho que sim. — Izzy deu uma risadinha diante de minha indecisão.

— Você está com fome? Estou fazendo café da manhã suficiente para dois e está quase pronto. — Meu estômago escolheu aquele exato momento para roncar.

— Parece que estou.

Isso também não foi uma surpresa. Eu tinha perdido o apetite depois do meu encontro com Nash e não tinha jantado na noite anterior. Isso estava voltando para me lembrar como ainda sou afetada por ele.

— Excelente. Então podemos nos sentar e comer e você pode me dizer por que está com essa expressão no rosto.

É claro que ela percebeu que havia algo errado. Mesmo com o tempo que passamos separadas, ela ainda sabia se algo não estava certo em meu mundo.

— Tudo bem. Vou pegar algumas bebidas na geladeira.

Levantei-me, um pouco tonta devido à falta de comida no meu organismo e fui até a geladeira. Quando encontrei os copos e os servi com suco de laranja, Izzy preparou pratos para nós duas e os colocou na mesa da sala de jantar.

Depois que nos sentamos e comemos um pouco, Izzy limpou a garganta e disse:

— Agora me diga o que há de errado.

Não havia dúvida em sua voz. Ela sabia que estava certa. Eu sabia que mentir só faria com que me sentisse pior.

Eu não tinha estômago para inventar uma desculpa na hora, então contei a verdade.

— Eu encontrei Nash na biblioteca ontem.

Seu garfo estava no meio do caminho entre o prato e a boca quando ela fez uma pausa, e estava preocupada que ela pudesse deixá-lo cair. Izzy colocou o garfo de volta no prato antes de dizer:

— Você só pode estar brincando. A expressão em seu rosto me diz que não foi só isso que aconteceu. Conte-me tudo.

Em vez de fazer o que ela pediu imediatamente, tomei um gole do meu suco de laranja para ganhar preciosos segundos. Respirei fundo antes de colocar o copo sobre a mesa e, em seguida, contei a ela tudo o que me lembrava de ontem. Izzy me deixou contar minha versão dos fatos sem interromper, preferindo ouvir atentamente. Seus olhos nunca me deixaram e, quando terminei de contar a história, o silêncio preencheu o espaço que minha voz havia ocupado.

Isso foi até que Izzy empurrou sua cadeira para trás e se levantou.

— Eu vou pegá-lo.

Fiquei grata pela explosão de energia da comida que havia comido e do suco de laranja que bebi, pois isso me ajudou a pular e agarrar o braço da Izzy.

— Você não pode fazer isso.

— O diabo que não posso. Ele tocou em você!

— E você correr até lá para ameaçá-lo só vai piorar as coisas para mim, e você sabe disso.

Se minhas ações não a detivessem, sabia que minhas palavras o fariam. Quando tive certeza de que ela não sairia correndo atrás de Nash, a soltei e segui seu exemplo enquanto ela se sentava novamente em seu lugar.

— Você tem razão. Precisamos ser mais estratégicas em relação a isso e ir até lá seria uma péssima ideia.

Acenei com a cabeça, concordando com esse curso de ação em vez daquele que ela inicialmente queria seguir.

— Não tenho certeza do que podemos fazer a respeito, para ser sincera. O que sei é que temos de ser cuidadosas, não importa o caminho que tomemos, porque ele faz parte da família Henson. Mesmo que você não conte com as conexões da família, o pai dele é o prefeito da cidade, pelo amor de Deus.

Izzy não disse uma palavra porque sabia que eu estava certa. Com quem iríamos conversar sobre o fato de Nash estar me assediando? O quarterback estrela da Universidade de Brentson e filho do prefeito.

— Sabe o que torna as coisas piores?

Levantei uma sobrancelha para Izzy. Como algo poderia ser pior do que isso?

— O que?

— Não sei o quanto você acompanhou a família Henson ao longo dos anos, mas, supostamente, Van Henson está planejando concorrer para se tornar o próximo governador de Nova Iorque. Não me surpreenderia se isso fosse um trampolim para ele concorrer à presidência dos Estados Unidos no futuro. Nada disso foi confirmado ainda, mas não ficaria surpresa se fosse verdade.

Izzy estava certa e isso piorou as coisas. Se Van Henson tivesse ambições políticas maiores do que apenas ficar em Brentson, a coisa poderia ficar muito feia. E as informações que eu sabia colocavam minha vida em mais perigo do que imaginava.

JOGO *Ardiloso*

— Raven?

Olhei para Izzy antes de voltar a olhar para o prato de comida à minha frente. Empurrei o prato para longe de mim e suspirei. A comida mal havia sido tocada, mas, mais uma vez, meu apetite havia desaparecido.

— Não estou com fome de novo. Vou embrulhar isso e comer mais tarde.

— O plástico filme está naquele armário ali. — Ela fez uma pausa enquanto me levantava e seguia suas instruções e, quando voltei para a mesa com o plástico filme na mão, ela continuou:

— Sinto muito por ter estragado o seu apetite.

— Não é sua culpa. Fico feliz que tenha contado.

Estava falando sério e me lembrei mentalmente de comer minha comida em cerca de uma hora ou mais. Sem dúvida, precisava de toda a minha força e poder cerebral para lidar com o que seria lançado sobre mim. Sabia que isso não era o fim, mas o início de uma guerra entre mim e a família Henson.

Izzy estalou os dedos, chamando minha atenção para ela. Estávamos assistindo a um programa enquanto as outras colegas de quarto estavam fora fazendo sabe-se lá o quê, o que nos deixou com a casa só para nós por enquanto. Isso me trouxe de volta à minha infância e aos momentos que nós passávamos na casa uma da outra enquanto assistíamos a filmes ou programas de televisão.

Mas não conseguia me concentrar no programa que estávamos assistindo. Fiquei envergonhada porque essa era a segunda ou terceira vez hoje que ela me pegava perdida em pensamentos.

— Há algo que não mencionei para você hoje cedo. É sobre Nash.

Meu coração disparou, e odiava que a simples menção do nome dele tivesse esse efeito sobre mim.

— O que?

— Ele é um membro dos Chevaliers.

Seu comentário gerou mais perguntas do que qualquer outra coisa. Eu me virei para olhá-la e perguntei:

— Os Chevaliers? O que é isso? Nome estranho. — Izzy deu de ombros.

— Não é como se eu os tivesse batizado. — Meus olhos se estreitaram para ela.

— Eu sei disso. — Ela deu um risinho em resposta.

— De qualquer forma, não sei muito sobre eles, a não ser que são muito reservados e que há uma filial no campus de Brentson. Muitos caras ricos e populares estão envolvidos nela e eles...

Com base em sua avaliação básica, não me surpreendeu o fato de Nash ser membro dos Chevaliers. Mas o que me preocupou foi o fato de a voz de Izzy ter se arrastado e ela ter olhado para o chão. Parecia que eu não era a única que estava distraída. Dei a ela um momento para pensar no que queria dizer e, quando ela se virou para me olhar novamente, havia algo em seus olhos... estava diferente.

— Ouvi dizer que eles fizeram algumas coisas assustadoras.

— Que tipo de "coisas assustadoras"?

Ela esfregou a mão na lateral do rosto e disse:

— Um estudante da Universidade de Brentson morreu misteriosamente no ano passado. Seu nome era Caleb, e ele era calouro.

Minhas sobrancelhas se ergueram e minha boca se abriu involuntariamente.

— Espera, o quê? Aqui? No campus?

Izzy engoliu em seco.

— Sim.

— Não me lembro de ter visto nada sobre isso quando pesquisei sobre Brentson antes de vir para cá... mas, novamente, foi há um ano...

Izzy cruzou os braços sobre o peito, sinalizando para mim que não se sentia à vontade para falar sobre isso.

— Ah, também não foram divulgadas muitas informações sobre isso quando aconteceu.

Nada do que ela estava dizendo fazia sentido. Como é que um estudante que morre no campus não seria notícia na primeira página em nível local, no mínimo?

— Não estou entendendo, porque nada disso faz sentido e como estaria relacionado a essa sociedade secreta...

E foi aí que percebi. Izzy também percebeu que eu havia entendido, pois me deu um aceno de cabeça.

— Você não pode estar falando sério. Você acha que a morte dele está relacionada aos Chevaliers?

— Vou dizer isso em público? Não. Mas aqui entre nós...

— Volte atrás por um segundo. O que lhe deu essa ideia?

— Ele era um calouro que, segundo rumores, era um dos recrutas deles. Nada foi confirmado e o corpo estudantil nunca foi informado oficialmente do que aconteceu. A administração estudantil chegou a perguntar e fazer exigências aos funcionários sobre o que aconteceu, já que merecíamos algumas respostas, mas não receberam nenhuma informação.

JOGO *Ardiloso*

47

Isso lançou uma nuvem escura sobre a universidade e todos nós aqui, mas especialmente sobre aqueles que o conheciam. Não consigo nem imaginar como sua família está agora, muito menos quando recebeu a notícia.

Mesmo com a perspectiva de uma reputação ruim, os funcionários da Universidade de Brentson não se importaram. Se a conexão entre os Chevaliers e Caleb fosse verdadeira, é óbvio que, na cadeia de comando, os Chevaliers deveriam ter alguma influência para poder enterrar o caso. Mas quem são eles?

CAPÍTULO 10
NASH

Eu grunhi ao me esforçar ainda mais. Não sei o que estava esperando quando li que haviam me selecionado para participar dos testes de liderança dos Chevaliers, mas não era isso. Eu estava aqui desde as 20h50 e, embora não soubesse exatamente que horas eram agora, suspeitava que deveria ser os primeiros horários da manhã do dia seguinte.

Ficar do lado de fora durante uma chuva torrencial, no escuro, enquanto tentava passar por uma pista de obstáculos. A queimação em meus pulmões quando corri até uma parede, subi e me puxei para cima foi mais do que imaginava. Isso fez com que os treinos e jogos de futebol parecessem fáceis.

Felizmente, esse foi o último obstáculo para mim, e corri de volta para a área onde nossos líderes estavam nos esperando. Não me importei se parecia fraco depois de me jogar no chão a apenas alguns metros de distância de onde eles estavam. Se isso facilitasse a recuperação do fôlego, eu o faria, independentemente da aparência.

— Bom trabalho, Henson.

Tudo o que fiz foi acenar com a cabeça e com a mão, confirmando que eu o escutei, mas que não estava em condições de responder. Tudo dentro de mim estava batendo forte a ponto de não saber o que fazer para levantar. A água estava pingando em minha boca e não tinha certeza se era suor, lágrimas ou chuva. Quando finalmente acalmei um pouco meu coração acelerado, percebi que era o único que havia terminado. Fiquei orgulhoso do feito, mas também me perguntei se mais alguém sobreviveria e, se não, o que isso significaria para essas provas.

— Nash?

Olhei para cima e encontrei Trevor, outro membro da liderança dos Chevaliers, parado na minha frente.

— Sim?

— Venha comigo.

Levantei-me e segui Trevor até a casa. Pediram-me que esperasse na sala de estar com a cabeça baixa para não olhar para os outros homens enquanto eles terminavam o percurso e entravam na sala. O cômodo quase não tinha luz, e eu sabia que isso tinha sido feito de propósito. Era um tema comum que se repetia em nossas reuniões, mas não pude deixar de me perguntar se a escuridão foi criada para esconder parte do constrangimento que esses homens poderiam ter sentido devido ao seu desempenho naquela manhã.

Não sei quanto tempo esperei ali, mas não olhei para cima nem mesmo quando ouvi pessoas entrando na sala. Demorou alguns minutos, mas finalmente ouvi o Tomas falar.

— Você sabe por que está aqui?

A voz do nosso presidente ecoou pelas paredes da sala. Embora fosse uma pergunta, ninguém respondeu porque não era para responder. Era uma pergunta retórica. Todos nós sabíamos por que estávamos aqui. A única resposta que ele recebeu foi a respiração ofegante de vários dos outros membros que estavam disputando o prêmio principal. Dessa vez, tentei manter minha necessidade de mais ar para mim mesmo, optando por respirar mais profundamente em silêncio para não demonstrar nenhum sinal de fraqueza perto dos meus concorrentes.

Olhei para os meus pés enquanto a água escorria do meu corpo. O fato de sermos forçados a passar pelo que era essencialmente um campo de treinamento havia causado estragos em nossos corpos. Para tornar as coisas ainda mais difíceis, tivemos que fazer isso sob uma chuva torrencial.

Ter que passar por uma pista de obstáculos que testava nossa força física e durabilidade era um desafio. Eu esperava que o restante das provas não fosse nada comparado ao que acabamos de passar.

As palavras de Tomas superaram mais uma vez o barulho na sala.

— Se vocês não quiserem, podem sair por essa maldita porta agora mesmo. Embora vocês tenham passado na fase de iniciação para se tornar um Chevalier, está claro que isso é tudo o que vocês serão e tudo bem se vocês quiserem continuar a serem medíocres.

Eu sabia que ele estava falando merda com essa frase. Ninguém que foi recrutado e se tornou membro dos Chevaliers era medíocre, porque os Chevaliers não recrutavam homens medíocres. Agora, se o nosso presidente estava nos julgando em relação àqueles que não tiveram a oportunidade de iniciar essa competição, então talvez ele estivesse certo.

— Curvem-se. Abaixem-se.

Olhei para os outros na sala com o canto do olho antes de seguir o comando. Presumi que eles também haviam terminado a pista de obstáculos e seguiram as instruções.

Entre a luz das velas e as capas que os homens à nossa frente usavam, era difícil ler seus rostos, mas isso foi feito de propósito. Não tínhamos permissão para prever o que estava prestes a acontecer, pois a antecipação significaria que poderíamos obter uma vantagem. O objetivo de todo esse processo era nos manter alertas e sermos capazes de vencer o que quer que fosse que eles jogassem contra nós. Afinal de contas, o objetivo era ajudar a preparar alguns de nós para nos tornarmos os próximos líderes dos Chevaliers, e não me contentaria com nada menos do que a presidência.

Por um lado, era uma vantagem que tinha sobre meu pai. Quando ele estudou em Brentson, ele também fez parte dos Chevaliers, assim como seu pai antes dele e seu pai antes dele. Mas ninguém da minha família jamais tinha se tornado presidente da sociedade.

Eu estava determinado a fazer essa mudança neste semestre.

Cada presidente para o ano seguinte era selecionado durante o semestre de outono de seu primeiro ano e deveria passar o semestre seguinte da primavera se preparando para as responsabilidades que assumiria durante seu último ano. Os testes rigorosos pelos quais passamos deveriam eliminar os homens que não estavam aptos para o cargo. Alguns deles se tornariam outros membros da diretoria, mas isso era um troféu de participação para mim.

Eu estava determinado a ser o último homem a ficar de pé. Eu seria o último a ficar de pé.

— Todos vocês fizeram um bom trabalho esta noite. Não muito, mas bom. Espero que nossa próxima reunião seja melhor.

— Sim, Presidente. — Fizemos a declaração em uníssono, mas ainda podia ouvir alguns tentando recuperar o fôlego. *Malditos amadores.*

— Cada um de vocês receberá um envelope ao sair daqui. Abram-no quando estiverem sozinhos em casa. Vocês precisarão conquistar o que quer que esteja nesse envelope para ver se são dignos o suficiente para seguir em frente. Alguns de vocês ficarão surpresos com o que encontrarão. Outros não. Parabéns por terem chegado até aqui. Vocês estão dispensados.

— Obrigado, Presidente.

Aqueles de nós que estavam curvando a cabeça esperaram até que os homens à nossa frente saíssem da sala antes de olhar para cima. Quando

tive certeza de que nossos líderes haviam deixado a sala, virei-me para olhar em volta e encontrei expressões variadas nos rostos dos homens ao meu redor. Embora ninguém tenha dito uma palavra, era fácil ver que a maioria parecia exausta e assustada. Isso é bom. Espero que isso facilite mais do que o esperado. Isso foi até meus olhos pousarem em Landon Brennan.

O rosto de Landon estava estoico, sem demonstrar nenhuma emoção, e isso não foi uma surpresa para mim. Eu o considerava meu maior concorrente entre os outros sete homens aqui presentes e, quando seus olhos encontraram os meus, pude ver que ele pensava o mesmo. Inclinei ligeiramente a cabeça, reconhecendo que o tinha visto, antes de tomar meu lugar na fila para sair da sala.

Fomos recebidos por um membro da sociedade quando saímos da sala, um por um. Trevor entregou a cada homem um envelope preto com o que presumi ser um forro dourado, semelhante ao que recebi quando fui convidado, pela primeira vez, a me juntar aos Chevaliers e ao que recebi quando fui informado de que estava sendo convocado a participar disso.

Assim que o envelope estava em minha posse, o peso figurativo dele fez com que minha mão caísse ao meu lado. Os homens com quem estava competindo eram apenas metade da batalha. O que estava dentro desse envelope era a outra metade.

Peguei minhas coisas que havia deixado em uma pilha no saguão da frente e saí do prédio. É claro que, quando saí, a chuva já havia diminuído e apenas uma leve garoa me esperava. Não respirei fundo novamente até que estivesse trancado dentro do meu carro e saísse da longa estrada que levava à Mansão Chevalier.

A tensão em meu corpo diminuía quanto mais me distanciava do que acabara de acontecer. Mesmo depois de tudo o que tinha acabado de fazer, não haveria descanso para mim porque meu dia estava apenas começando. O treino de futebol começaria em cerca de uma hora e meia e só teria que aguentar até lá porque minha única aula de hoje havia sido cancelada. Eu já tinha feito planos para dormir depois do treino.

Embora nunca admitisse isso em voz alta, Raven ainda estava em minha mente. O ritual que havíamos realizado deveria estar em primeiro plano, mas meus pensamentos continuavam voltando para ela. Dirigi de volta ao meu apartamento com o envelope que recebemos no final do ritual queimando um buraco no banco do passageiro. Ele me fez lembrar de outra carta que recebi anos atrás e de uma viagem semelhante que fiz. Ambas ficariam para sempre gravadas em minha memória.

Entrei sorrateiramente pela entrada dos fundos do meu prédio porque não queria ter de ver o porteiro ou a pessoa que tinha ficado presa na recepção para trabalhar no turno da noite e início da manhã.

A viagem de elevador pareceu mais demorada do que o normal, mas isso pode ter sido devido à expectativa que crescia dentro de mim enquanto me perguntava o que poderia estar escrito no envelope que estava segurando.

Só abri o envelope quando estava sozinho em meu apartamento, não que tivesse encontrado muitas pessoas na viagem de volta para casa. Antes de me sentar para abri-lo, peguei um pouco de água para me hidratar depois de uma longa madrugada sem nada para beber.

Depois de tomar um longo gole de água, coloquei o copo no chão e abri o envelope. Eu podia ouvir meu coração batendo nos ouvidos enquanto o papel se rasgava sob meus dedos e me perguntava qual seria o meu teste. Eu precisava provar que estava comprometido com os Chevaliers, não importava o que acontecesse, e estava pronto para fazer isso, não importava o custo.

Outros me contaram que tipos de coisas estavam escritas em seus envelopes, embora ninguém tenha me confirmado exatamente o que estava escrito. Eu não os culpava, pois muitos deles continham segredos obscuros e profundos que eles esperavam que nunca vissem a luz do dia.

Mas parecia que nossos líderes já sabiam. Eles me conheciam melhor do que eu mesmo.

Porque quando vi Raven Goodwin listada no pedaço de papel que estava segurando, não deveria ter ficado chocado. Estava convencido de que era por isso que ela havia sido trazida de volta para cá.

Agora sabia que tudo o que envolvia minha ascensão a próximo presidente da sociedade secreta dos Chevaliers da Universidade de Brentson giraria em torno de possuir minha maior inimiga, mas uma que costumava ser minha maior tentação: ela.

CAPÍTULO 11
RAVEN

— Você vai sair com a gente, nem que seja a última coisa que eu faça.

Suspirei e fechei os olhos, não querendo ouvir os argumentos de Izzy sobre por que precisava sair e ir à festa com elas esta noite. Eu poderia pensar em um milhão de motivos pelos quais não deveria ir a essa festa, mas a insistência de Izzy estava me pressionando a sair e me divertir com ela e nossas colegas de quarto, Lila e Erika. No fundo, sabia que essa poderia ser uma oportunidade de conhecer as meninas, que haviam se tornado um pouco mais amigáveis comigo. No entanto, foi bem pouco mesmo.

Abri os olhos e olhei para o meu colo. Antes que pudesse responder, Izzy não perdeu tempo e começou a falar de outro motivo pelo qual deveria estar me vestindo agora mesmo, em vez de ficar tirando os fiapos da minha calça preta de ioga.

— É sábado à noite e você teve uma longa, longa semana. É hora de sair e se soltar. Experimente mais do que é a vida universitária.

Ela havia apresentado outro bom argumento. Tinha sido uma longa semana em que passei a maior parte do tempo tentando encontrar lugares para fazer minha lição de casa que fossem tranquilos e que não envolvessem me esbarrar em um quarterback de 1,80m de altura que estava atrás de vingança. Pelo menos era o que parecia.

Felizmente, tinha funcionado e não havia encontrado Nash desde o incidente na biblioteca.

— Além disso, ajuda você a se preparar para a minha festa de vinte e um anos.

Isso me forçou o suficiente para deixar meus pensamentos e olhá-la de lado.

— Por que diabos preciso me preparar para alguma coisa?

— Porque vai ser um fim de semana extravagante e, o melhor de tudo, não estaremos aqui no campus.

Por que concordei em fazer o que ela quisesse em seu vigésimo primeiro aniversário?

— Para onde estamos indo?

— Para a cidade de Nova Iorque! Mas falaremos mais sobre isso depois. Você vai vir?

Com um suspiro pesado, me levantei, pronta para admitir a derrota.

— Tudo bem, vou com você.

O grito de Izzy me fez balançar a cabeça. Quem diria que alguém ficaria tão empolgado em arrastar outra pessoa para uma festa?

— Você precisa de alguma coisa para vestir? Tenho muitas coisas que você pode pegar emprestado.

Eu sabia que ela tinha e, embora não fôssemos do mesmo tamanho, ficaria surpresa se ela não tivesse algo lá que eu pudesse transformar em uma roupa digna o suficiente para sair. Depois de tomar uma ducha rápida, entrei no quarto e vi que Izzy havia colocado alguns tops que poderia escolher para esta noite. Optei por um top azul-marinho que mostrava um pouco mais de decote do que normalmente usaria e escolhi um par de jeans pretos e botas que já tinha. Demorei a escovar o cabelo para ganhar tempo e não ter de enfrentar Izzy na sala de estar. Por outro lado, ela não teria nenhum problema em voltar ao meu quarto e me arrastar para fora, se fosse necessário.

Antes que ela pudesse ter essa ideia, peguei minha carteira e apaguei a luz ao sair do quarto. Izzy, Lila e Erika se viraram para me olhar quando entrei na sala de estar e vi em seus olhos o sinal de aprovação pelo que escolhi vestir.

— Aí está você. Está pronta para ir?

— Acho que sim.

Eu não poderia tirar o sorriso que estava estampado em meu rosto, mesmo que tentasse. Estava sorrindo de orelha a orelha enquanto ia pegar outra cerveja em um refrigerador. Embora não tivesse bebido muito na vida, tinha plena consciência de que a cerveja que estava tentando pegar tinha um gosto de merda, mas não me importava. Essa deveria ser uma das melhores noites de minha vida.

Izzy, Lila, Erika e eu tínhamos pulado de festa em festa e acabamos em uma das fraternidades da Universidade de Brentson. Não sei o que estava esperando quando chegamos, mas não era isso. A festa parecia estar acontecendo nos três andares da casa e, no momento, estávamos curtindo no porão. Ele havia sido transformado em uma pista de dança e, agora, era a melhor opção que tínhamos. Já que não arrumamos uma identidade falsa para Izzy, não tínhamos a opção de ir a nenhum dos bares ou boates da cidade, a menos que Izzy não quisesse ir conosco. Como ela havia organizado tudo, isso não seria justo.

Quando voltei para o meu grupo, Izzy não conseguia controlar suas risadas. Era óbvio que ela estava tendo uma noite fantástica, assim como eu.

Izzy tinha razão. Poder passar um tempo fora, sem pensar em todas as coisas que precisava fazer, tinha sido a escolha certa para mim.

— Psssttt.

Depois de ouvir o barulho prolongado, virei-me para encontrar Izzy sorrindo para mim. O olhar vidrado em seus olhos me fez balançar a cabeça. Se aquela tinha sido sua tentativa de sussurrar, ela estaria em maus lençóis na manhã seguinte.

— O que está acontecendo?

— Acho que o Landon está tentando chamar sua atenção.

— Quem?

— O cara ali com a camiseta escura — disse ela enquanto apontava.

Eu provavelmente teria dito a ela para ser um pouco mais discreta em qualquer outra circunstância, mas como podia ver que ela estava mais bêbada do que eu, sabia que isso seria inútil.

Virei-me para olhar por cima do ombro e vi três caras do outro lado da sala. O cara de camiseta escura estava me encarando e pude sentir minhas bochechas começarem a esquentar. Fazia tanto tempo que não prestava atenção em alguém que tivesse o mínimo interesse em mim que só o fato de ele me olhar já era suficiente para me deixar nervosa. Meus pensamentos voltaram brevemente para a última pessoa que havia demonstrado algum interesse em mim e a última vez que o vi foi quando ele me agarrou e me ameaçou. Mordi meu lábio e olhei para baixo enquanto pensava em Nash.

— Ele está vindo em nossa direção!

Droga. Pelo menos, com a música alta tocando, havia uma chance de ele não ter ouvido. Acho que ele tomou minha ação como um incentivo para vir até aqui. Mas, pensando bem, será que conversar com outro cara seria a pior coisa do mundo?

Olhei para cima quando ele estava a apenas alguns metros de distância, dei-lhe um pequeno sorriso e me inclinei para frente para que pudéssemos ouvi-lo.

— Oi. — Foi tudo o que ele disse, mas fez Izzy dar uma risadinha. Seus olhos não se desviaram de mim. — Eu me ofereceria para lhe trazer uma bebida, mas notei que você acabou de voltar com uma.

Izzy se inclinou em nossa direção e disse:

— Mas eu poderia segurar a bebida para ela enquanto você a convida para dançar.

Não pude deixar de revirar os olhos. Isso estava fora de controle, mas também fiquei grata por ela não ter dito que deveríamos ir para o canto e dar uns amassos ou algo do gênero.

Como se o DJ, que tinha certeza de que era membro da fraternidade que estava organizando a festa pelas letras em sua camiseta, tivesse ouvido o que Izzy havia dito, a música atual se transformou em uma faixa mais animada que facilitaria muito a dança.

— Quer dançar?

Assenti com a cabeça e entreguei minha bebida a Lila.

— Segure isto e certifique-se de que ela não a beba.

— Ei! — Izzy gritou antes de me bater no ombro com mais força do que o necessário. — Vai!

Olhei para Erika e fiz um sinal para Izzy, dizendo-lhe para ficar de olho nela por precaução. De qualquer forma, não tinha tido a chance de abri-la, então, se a bebida de alguma forma chegasse às mãos da Izzy, seria fácil perceber. Depois de me certificar de que tudo estava resolvido com as meninas, o segui.

Não era tão óbvio quando estávamos nos arredores da pista de dança, mas quando você estava no meio dela, a quantidade de calor corporal que a envolvia era tudo o que você podia sentir. Tudo o que se podia ver eram pessoas se esfregando umas nas outras ou dando uns amassos. Essa nunca tinha sido a minha praia, exceto no baile de formatura e em algumas festas do ensino médio, mas agora estava determinada a experimentar o que havia perdido.

— Sabe, eu nem sei seu nome. — Essa frase soou brega até para meus ouvidos.

— É Landon — sussurrou em meu ouvido. — E o seu?

Eu não queria ser arrogante, mas o fato de ele não saber meu nome depois de todos os olhares que recebi quando cheguei foi um alívio. Na verdade, ao entrar nas festas pelas quais passamos hoje à noite, o fato de

JOGO *Ardiloso*

ninguém olhar para mim me trouxe uma sensação de conforto, mas talvez fosse a bebida falando.

— Sou a Raven — disse enquanto colocava meu cabelo atrás da orelha.

— Bem, é um prazer conhecê-la, Raven.

Sua voz fez cócegas em minha orelha e a sensação me fez sorrir. Embora não estivesse desesperada por atenção, tinha de admitir que ser o centro do olhar de outra pessoa me fazia sentir bem naquele momento. Suas mãos encontraram minha cintura e olhei para baixo, para suas mãos tocando meu corpo. Enquanto nos movíamos ao ritmo da música, algo na energia da sala mudou para mim. O zumbido suave que estava sentindo desapareceu, e não tinha certeza do motivo.

Olhei para cima e então descobri o motivo da mudança, e ele estava vindo em nossa direção. Era como se meu corpo tivesse percebido que ele estava aqui. Landon também deve tê-lo visto chegar, porque ele parou de se mover e, mais uma vez, senti como se a vibração na sala tivesse mudado e todos os olhos estivessem voltados para mim.

— O que você está fazendo aqui? — A pergunta de Nash foi mais uma exigência do que qualquer outra coisa. Landon deslocou seu corpo de modo a ficar entre Nash e eu. Foi um gesto de cavalheirismo, mas eu também estava preocupada com ele. Embora não soubesse mais nada sobre Nash, podia facilmente ler o olhar em seus olhos. Isso dizia que, se alguém se colocasse em seu caminho, ele não teria problemas em usar qualquer meio necessário para conseguir o que queria.

Eu podia sentir o cheiro de álcool em seu hálito, mas nada em seu comportamento mostrava que ele estava sob influência dele. Seu olhar sombrio enquanto aguardava minha resposta me deixou atordoada. Todas as palavras que queria dizer, sobre como ele não tinha o direito de fazer isso e que precisava ir à merda, morreram em meus lábios. Demorou alguns segundos até que conseguisse encontrar minhas palavras novamente.

Saí da sombra de Landon porque não tinha medo de Nash. Se ele queria tentar ser um valentão, não ia me esconder atrás de outra pessoa em resposta.

— Estou cuidando da minha vida, o que parece que você não consegue fazer. Não tem nada mais importante para fazer além de nos incomodar? — *Muito sutil, Raven.*

— Venha comigo.

— De jeito nenhum. Vá se foder. — Aí estavam as palavras.

— Eu disse, venha comigo. — Dessa vez, Nash agarrou meu braço, não o suficiente para me machucar, mas seu aperto foi suficiente para que fosse muito difícil para mim sair de seu aperto.

— Você não deveria estar fazendo outra coisa? Como se preparar?

Nash o ignorou e não disse nada.

— Olha, Nash...

Nash se virou para Landon, que acabara de pronunciar aquelas palavras.

— Não estou falando com você.

— E eu não vou a lugar nenhum com você — eu acrescentei.

Nash olhou para Landon por tempo suficiente para me fazer pensar que poderia haver alguma história compartilhada ali e que isso poderia não ser totalmente sobre mim. Quando Nash virou a cabeça na minha direção, o sorriso que ele me deu lembrava o garoto que eu conhecia. Isto é, antes de se tornar perverso.

— Não seria trágico se esse desgraçado morresse só porque ousou tocar em você?

Observei Landon ajustar sua postura com o canto do olho e não pude culpá-lo. Eu não sabia quanto a Landon, mas se eu tivesse acabado de ser ameaçada por um cara que era um pouco mais alto, parecia ser mais pesado do que eu, era atlético pra caralho e, segundo rumores, era membro de uma sociedade que não tinha problemas em matar pessoas, estaria tremendo. No entanto, Landon parecia estar disposto a enfrentar Nash.

— O que diabos...

Ouvi a declaração de Izzy e, quando Nash olhou em sua direção, o silêncio se seguiu. Presumo que Lila ou Erika a tenham contido e provavelmente foi melhor assim. A última coisa que queria era que ela acabasse se machucando. Nash voltou sua atenção para mim.

— Você tomou uma decisão?

A pergunta de Nash me atravessou como uma faca. Engoli com força. Não sabia se ele estava falando sobre eu sair ou sobre Landon e ele brigarem.

— Landon, eu vou sair com ele, mas já volto.

— Tem certeza disso? Eu não quero que ele...

— Não quer que eu faça o quê? — Nash deu outro passo em direção a ele, e coloquei minha mão no peito de Nash em uma tentativa de impedi-lo de avançar sobre Landon.

— Esqueça o que ele disse. Eu já concordei em sair com você, mas não vou além do quintal desta casa, a menos que você queira acrescentar sequestro à lista de crimes que cometeu esta noite.

Observei o início de um tique na mandíbula de Nash após meu comentário e, se ele não estava feliz antes de se aproximar de mim, realmente não estava agora. Mas isso não o impediu de cumprir sua missão principal. Ele me deu uma última olhada antes de se afastar, presumi que esperava que o seguisse.

— Sinto muito, Landon — sussurrei antes de respirar fundo e segui-lo com um rastro de olhares.

A notícia deve ter se espalhado sobre o que estava acontecendo no andar de baixo porque, assim que cheguei ao patamar, pude sentir os olhos de todos sobre mim. Embora detestasse ser o centro das atenções, recusei-me a me curvar diante da pressão que estava sendo exercida sobre mim. Mantive minha cabeça erguida enquanto seguia Nash pela porta da frente da fraternidade.

Quando ele parou, tive de admitir que fiquei chocada com o fato de ele ter feito uma pausa logo antes do fim do quintal da casa, seguindo os limites que eu havia estabelecido.

No início, ele ficou de costas para mim. Quando ele não fez nenhum movimento para falar, chupei os dentes e balancei a cabeça. Ele só queria desperdiçar meu tempo.

Foi só quando falei que ele se virou.

— Que diabos você quer?

— Quero jogar um joguinho.

Sua resposta me forçou a prestar atenção. Não havia como eu tê-lo ouvido corretamente.

— Desculpe-me. Você quer fazer o quê?

— Quero jogar um joguinho.

Cruzei os braços sobre o peito porque isso era ridículo.

— Então, ouvi corretamente. Como não estou interessada no que você está tentando fazer, vou embora agora.

Quando virei e me afastei dele, ouvi-o dizer:

— É do seu interesse ficar aqui.

A raiva que já estava borbulhando sob a superfície por causa de suas ações estava aumentando, ameaçando-me com a ideia de que eu poderia perder a calma. Se isso acontecesse, sabia que diria algo que não poderia voltar atrás. Mas, por outro lado, será que realmente me importava?

Ele falou novamente antes que eu pudesse dizer qualquer coisa.

— Não estou brincando, Raven. Você já se afastou de mim uma vez, e agora os riscos são muito maiores.

O golpe baixo que ele me deu doeu mais do que eu esperava. Ele ainda estava magoado por eu ter ido embora? Mesmo que estivesse, isso não ajudou muito a acalmar a raiva que estava sentindo. Girei meu corpo para encará-lo novamente.

— Ah, é mesmo? Quais são os riscos?

Eu sabia que tinha cedido e que estava exatamente onde ele queria que eu estivesse. Eu odiava isso, mas agora precisava saber aonde ele queria chegar.

— Para manter seu pequeno segredo, há algo que quero que você faça por mim.

Eu quase ri na cara dele.

— Claro que não. Isso literalmente não faz sentido. Todo mundo tem essa noção preconcebida de que sabe o que eu fiz, então não há mais nada que você possa fazer que possa piorar as coisas.

Aquele sorriso malicioso estava de volta em seu rosto. Parecia mais assustador com a luz da rua refletindo nas bordas afiadas de seu rosto. O mesmo rosto que costumava segurar em minhas mãos enquanto nos beijávamos em seu carro do lado de fora da minha casa de infância.

— Não é a esse segredo que estou me referindo.

Eu sabia que minha confusão estava estampada em meu rosto. Eu não tinha ideia do que ele estava falando, então ele continuou.

— Goodwin, agora nós dois sabemos que isso não é verdade.

Ouvir o meu sobrenome em seus lábios mais uma vez não me trouxe sentimentos calorosos e confortáveis. Isso fez com que minha raiva aumentasse ainda mais e me recusei a controlá-la, pois ela veio à tona aos chutes e gritos.

— Pare de me chamar assim.

Dessa vez, Nash deu uma risadinha.

— É seu nome, não é? Ou você estava mentindo sobre essa merda também?

Revirei os olhos para ele.

— Me dê um tempo, porra.

— Como se você tivesse me dado um, né? De qualquer forma, nada disso importa porque você não tem voz. Posso chamá-la do que quiser e fazer o que eu quiser, e você vai ter que sorrir e suportar. Você não quer que todas as coisas que fez à minha família sejam divulgadas. Nós dois sabemos que o que essa maldita cidade sabe é apenas a ponta do iceberg.

Foi então que me dei conta. O gelo encheu minhas veias quando me dei conta. Eu sabia exatamente do que ele estava falando.

JOGO *Ardiloso*

— Você não se atreveria.

Nash deu de ombros como se não tivesse acabado de jogar uma bomba em minha vida.

— Não devo lealdade a você. Se acontecer de sair, então saiu.

— Você é um pedaço de merda nojento e infantil.

— O sentimento é mútuo, querida.

Embora estivesse frio lá fora, podia sentir a temperatura do meu corpo mudando. Minha raiva estava aumentando constantemente, fazendo com que o meu corpo ficasse quente. Eu tinha que me afastar dele.

Como se pudesse ler meus pensamentos, Nash deu um passo para perto de mim e esfregou os nós dos dedos em meu rosto. Revoltei-me contra seu toque e me afastei dele. Isso só fez com que seu sorriso aumentasse.

— Você vai receber uma mensagem de texto com um endereço. Esteja lá amanhã às nove da noite.

— Isso não é nada suspeito. E se eu não for?

— Seu segredo deixará de ser um segredo, Goodwin.

Ele tentou tocar meu rosto novamente, mas dessa vez estava preparada e não deixei. Ele balançou a cabeça levemente antes de se afastar de mim, deixando-me sozinha e olhando para trás.

Desejei nunca ter voltado para cá. Sabia que nada de bom resultaria disso.

— Você está bem?

Virei-me e encontrei Izzy, Lila e Erika caminhando em minha direção. O humor de Izzy havia mudado, e sabia que o tempo entre o momento em que ela me mandou dançar com Landon e agora a havia deixado sóbria. Eu podia ver a culpa em seu rosto. Foi ela quem me convidou várias vezes para sair com ela, mas não foi culpa dela o fato de Nash ter chegado e agido da maneira que agiu.

— Acho que sim, mas estou pronta para ir para casa.

— Está bem, vamos.

CAPÍTULO 12
RAVEN

Meus dedos voaram sobre a tela do celular enquanto digitava minha próxima pergunta sobre a saga sempre presente relacionada a Nash. Izzy havia me contado o que sabia sobre os Chevaliers, mas não era muito. Tudo o que ela fez foi me deixar com mais perguntas do que respostas. Como havia chegado muito cedo ao apartamento de Nash, decidi gastar algum tempo fazendo uma pesquisa rápida.

Isto é, se eu conseguisse encontrar alguma coisa.

Minha busca se mostrou um tanto infrutífera. Não havia muito o que encontrar sobre eles na Internet. Havia um site que mencionava que eles eram uma sociedade secreta, mas não tinha muito mais. Era como se a sociedade tivesse tomado precauções especiais para não ser descoberta. Mas por quê?

Claro, o fato de ser uma sociedade secreta implicava que eles precisavam manter a confidencialidade, mas o fato de não haver quase nenhuma menção online era estranho. Que tipo de organização era essa?

Antes que pudesse continuar a minha busca, guardei o meu celular. Percebi que ainda tinha vários minutos de espera até as nove. Olhei para o relógio no painel do meu carro enquanto o tempo diminuía. Os números no relógio, 8:54 p.m., eram como um holofote sobre o que estava por vir. Era domingo à noite e estava chegando a hora em que Nash me pediu para encontrá-lo.

A mensagem de texto que estava na minha caixa de entrada desde a noite passada estava na vanguarda da minha mente enquanto pensava em minhas escolhas.

Escolhas? Esse era um pensamento engraçado.

Na verdade, eu não tinha uma opção. Eu poderia ter escolhido não ir, mas as ramificações seriam muito grandes. Na maioria das vezes, não me importava com o que as pessoas pensavam de mim. A maioria das pessoas já tinha formado muitas opiniões sobre mim, mas não queria que isso fosse divulgado. Pelo menos, não era assim que eu planejava que fosse divulgado.

Porque nesta cidade, nada fica em segredo por muito tempo.

Era por isso que estava sentada do lado de fora desse prédio de apartamentos de luxo, onde meu ex-namorado tinha meu destino em suas mãos.

Não foi assim que pensei que as coisas aconteceriam. Eu sabia que sempre havia uma chance de encontrar Nash porque Brentson, apesar de ser uma cidade de tamanho decente, ainda parecia pequena demais às vezes. Não ajudava o fato de estarmos estudando na mesma universidade agora, e parte de mim se perguntava se tudo isso tinha sido planejado. O que não esperava era ser jogada nessa posição, onde ele tinha todas as cartas e eu não tinha nenhuma.

Mordi o canto do lábio antes de desligar o motor. Não havia motivo para esperar mais, afinal estava apenas adiando o inevitável. Tranquei a porta do carro e caminhei em direção ao prédio. Esperava ter mais um momento para mim antes de ter que enfrentar Nash, mas ele estava me esperando no saguão.

Eu sofria ao olhar para ele e pensar em nossa história. Sempre que pensava nele, não conseguia deixar de lembrar os bons momentos que passamos juntos. Mas quando ele me olhava com aqueles olhos azuis pelos quais me apaixonei quando éramos adolescentes, não via nada além de ódio. Isso era suficiente para deixar qualquer um sóbrio em relação a essa situação.

Ele acenou com a cabeça para mim quando me aproximei, reconhecendo-me, mas o olhar em seus olhos permaneceu o mesmo. Para qualquer outra pessoa que estivesse no saguão, pareceria que estávamos sendo cordiais, e eu sabia que eles estavam sendo enganados. Porque o que quer que Nash tivesse planejado para mim seria tudo menos isso. Era como se estivesse entrando na cova dos leões. O resultado seria uma carnificina, e só podia imaginar que seria eu quem ficaria recolhendo os pedaços mentais do que quer que ele tivesse me deixado.

Fomos em direção ao elevador e subimos até o andar dele em silêncio. Quando me conduziu ao seu apartamento, não pude deixar de pensar em como ele era diferente de tudo o que já havia visto. Era quase como algo que você veria em um programa de televisão que tentava ser identificável e falhou. O apartamento era um sonho para qualquer pessoa de qualquer idade, mas morar em algo assim durante a faculdade, enquanto o restante de nós não tinha condições de pagar nada parecido com isso, foi revelador.

Eu sabia que a família Henson era muito rica quando estava namorando Nash no ensino médio. Não era um grande segredo, pois havia sido convidada para várias festas e eventos que eles realizavam em sua casa por causa do envolvimento do pai de Nash na política. O problema que o pai dele tinha comigo era por causa do meu status social.

Para mim, dinheiro não crescia em árvores. Nunca nos faltou nada e, felizmente, sempre tivemos um teto sobre nossas cabeças porque meus avós pagaram a casa que mais tarde deixaram para minha mãe, que depois a deixou em herança para mim. Mas mesmo quando minha mãe estava viva e meu patrimônio líquido não havia aumentado significativamente devido à herança de uma casa, Van Henson nunca se importou comigo.

Mas Nash e eu não nos importávamos. A única coisa que importava éramos nós. Até que não importou mais.

Com o passar dos anos, percebi o quanto não pertencia ao mundo deles; um mundo que podia resolver qualquer problema jogando dinheiro nele, e eu não tinha o mesmo luxo. Eu meio que tentei usar esse artifício a meu favor e perdi. Foi por isso que deixei esta cidade como se estivesse tentando fugir de uma tempestade que se aproximava, preparada para atacar a qualquer momento.

A tempestade estava em meu coração porque meu segredo me forçou a deixar Nash para trás. E agora aqui estava eu, encarando-o de volta enquanto parecia que não cuspiria em mim nem se eu estivesse pegando fogo.

— Sente-se.

Eu não esperava que ele fosse um anfitrião decente e me perguntasse se queria uma bebida quando entrei em seu apartamento. Ele nem se deu ao trabalho.

— Eu prefiro ficar de pé.

Ele deu de ombros, claramente não dando a mínima.

— Fique à vontade.

Eu o segui com os olhos enquanto se sentava em seu sofá, parecendo mais relaxado do que nunca. Era como se ele não estivesse prestes a dizer algumas coisas que poderiam arruinar tudo o que eu estava fazendo.

— Acho que é hora de informá-la sobre o meu joguinho.

Fui até a parede do outro lado da sala e me encostei nela. Para um observador casual, teria parecido estranho, mas isso não importava. Estávamos sozinhos, até onde eu podia ver, e precisava colocar o máximo de distância possível entre nós.

Quando meus olhos encontraram os dele, a tensão na sala triplicou. Tentei não demonstrar o nervosismo que se formou em minha barriga enquanto esperava que ele falasse. O que quer que fosse dizer, eu não iria gostar, e fazia sentido acabar com isso o mais rápido possível.

JOGO *Ardiloso*

— Há muitas coisas que perdi no ensino médio.

Não era isso que achava que ele queria dizer.

— De que diabos você está falando?

— Não vou mentir para você, Goodwin. Você realmente me fodeu quando éramos mais jovens. Você me deixou no dia em que nos formamos no ensino médio com apenas uma carta sem explicação. Dizendo apenas que você sentia muito.

Lutei para controlar a revirada de olhos que queria dar para ele, enfatizando a palavra "mentira". Em vez disso, o estudei enquanto tentava entender o que estava acontecendo. O que ele estava dizendo ou a forma como estava dizendo não fazia sentido para mim. O fato de Nash estar sob influência de algo passou pela minha cabeça, mas afastei o pensamento. Ele parecia muito controlado, mesmo que estivesse falando o que parecia ser um grande enigma.

À medida que minha irritação com ele aumentava, suspirei para aliviar um pouco a tensão.

— Não sei do que você está falando.

— Eu teria feito qualquer coisa por você. Tudo o que você tinha que fazer era pedir e eu lhe daria o mundo inteiro.

Engoli com força para esconder minhas emoções. Eu sabia que isso era verdade. Ele teria me dado a lua se tivesse lhe dito que era isso o que queria.

Mas eu não era a única que estava tentando se controlar. Aquele controle que tinha visto em Nash há pouco tempo? Parecia estar se esvaindo quanto mais ele falava do nosso passado. Apareceram flashes de fogo em seus olhos, e sabia que estava andando em uma corda bamba entre nossas emoções. Eu não sabia os perigos que estavam escondidos se escorregasse e caísse nas sombras.

Ser cautelosa com Nash era a abordagem inteligente, mas algo dentro de mim se recusava a fazer isso. Eu queria lutar contra ele a cada passo do caminho.

— Você pode terminar isso para que possa sair daqui e seguir com minha vida?

— Se eu te ligar, você largará o que estiver fazendo e virá até mim. Se não o fizer, haverá punições. Se você continuar me desobedecendo não vou hesitar em vazar o que sei sobre você.

— Essa é sua forma de me chantagear? — Era irônico, considerando o que havia feito com o pai dele. — Absolutamente não.

Nash se levantou e foi até onde eu estava. Eu me arrependi de ter me encostado na parede de sua sala de estar, porque agora não tinha para onde ir nem onde me esconder. Qualquer senso de coragem que tinha se foi tão rapidamente quanto Nash levou para atravessar a sala.

Ele colocou o dedo sob meu queixo e levantou minha cabeça para que olhasse fixamente em seus olhos. Dessa vez, porém, seus olhos não estavam focados nos meus. Eles estavam olhando para os meus lábios.

Fiquei atônita por ele estar me tocando novamente depois de todos esses anos. Seu toque trouxe à tona lembranças dos momentos felizes que passamos juntos.

— Você não quer dizer nada disso. Aposto que, por baixo dessa máscara que está usando, você está pirando porque, se o seu segredinho for descoberto, você está acabada. Ou você poderia simplesmente sair da cidade e tudo isso desapareceria.

Observei o desafio se formar em seus olhos. O canto de seu lábio se contraiu antes que eu me afastasse de seu toque. Foi como se ele tivesse me queimado. Suas palavras tiveram o mesmo efeito de um lança-chamas soprando em mim.

— Você pensou em tudo isso, não foi? Eu não vou sair da cidade.

Os lábios de Nash formaram um sorriso antes de ele levantar uma sobrancelha para mim. Era como se ele esperasse que essa fosse minha resposta.

— O que está te mantendo aqui?

Não havia a menor chance de eu lhe contar algo.

— Isso não é da sua conta.

— Então você só tem uma escolha.

Respirei fundo e suspirei porque ele estava certo, por mais que odiasse admitir.

— Que tipo de coisas você quer que eu faça se concordar com seu pequeno "jogo"?

— Deixe que eu me preocupe com isso e você será informada quando for necessário.

A vontade de mandá-lo se foder era grande, mas sabia que não podia. Eu precisava permanecer em Brentson até segunda ordem e Nash não ia me impedir de atingir meu objetivo. Descobrir o que aconteceu com minha mãe estava acima de qualquer coisa que Nash pudesse fazer comigo.

Eu havia tomado a decisão de entrar em seu joguinho, mas havia uma coisa que ele nunca mais teria: meu coração.

JOGO *Ardiloso*

CAPÍTULO 13
NASH

— Alguém tem mais algum assunto que precise ser debatido?

A sala mal iluminada estava silenciosa, com a maioria das velas fornecendo a luz que tínhamos. O silêncio fez com que o clima da sala mudasse. Eu apostava que todos estavam felizes com o fim da reunião e que poderíamos ir embora. Era uma sexta-feira, e ninguém queria ficar preso em uma reunião quando poderíamos fazer outras coisas.

— Ninguém disse nada. A reunião desta tarde está encerrada.

Alguém acendeu as luzes enquanto alguns outros homens se aproximavam para fechar as cortinas das janelas. Quando a reunião dos Chevaliers terminou, meus olhos encontraram os de Landon do outro lado da sala. Era a primeira vez que eu o via desde o incidente com Raven na fraternidade. Ele inclinou a cabeça para mim, reconhecendo minha presença. Ainda tínhamos assuntos pendentes sobre Raven, mas isso teria de esperar até que eu terminasse o que estava fazendo aqui.

Observei enquanto todos, com exceção da liderança, se levantavam e se preparavam para sair da sala e continuar com o resto do dia. Afrouxei minha gravata e permaneci sentado enquanto esperava a sala esvaziar. Era obrigatório o uso de terno e gravata nas reuniões oficiais, mas, uma vez terminada a reunião, não havia mais nada a fazer.

Essa reunião improvisada ocorreu por causa de uma disposição de última hora que precisávamos votar. A opção mais fácil para fazer isso era pedir a todos que viessem à tarde, se não tivessem aula por um curto período de tempo, e votassem para aprovar ou reprovar a estipulação.

Sentei-me diante deles, esperando que o presidente falasse. Quando seus olhos se fixaram nos meus, não pude deixar de me sentir um pouco desconfortável. Eu sabia que eles estavam fazendo isso de propósito, mas me recusei a demonstrar qualquer emoção que indicasse que estava me sentindo assim.

— Você recebeu o seu envelope.

— Sim, recebi. — Lembrei-me de que o pedaço de papel em meu envelope indicava que precisava conquistar Raven Goodwin.

Aos poucos, estava me convencendo de que era obra do destino ter o nome dela escrito naquele papel. Outra coisa que precisava conquistar antes de assumir meu lugar de direito como líder dos Chevaliers. Era apropriado que as três câmaras de nossa sociedade tivessem nomes de pássaros: Coruja, Águia e Pardal. Quando fui iniciado nos Chevaliers, tornei-me um dos Águias devido à minha força e lealdade à organização. Os que se tornaram corujas eram conhecidos por serem sábios, e os pardais eram conhecidos por serem trabalhadores e atenciosos.

Para me tornar presidente dos Chevaliers, precisava demonstrar características de todas as três câmaras, e estava determinado a fazer isso.

— Eu gostaria de fazer uma pergunta. — Normalmente, tentava respeitar nossos líderes e o tempo deles, mas precisava ter a resposta para essa pergunta.

O Presidente Tomas assentiu, então fiz minha pergunta:

— Por que Raven Goodwin?

— Por que não Raven Goodwin?

É justo.

— Mas ela não está envolvida em minha vida há muito tempo. Por que precisaria conquistá-la?

Tomas ficou olhando para mim enquanto um sorriso se desenhava em seus lábios. Esperei alguns segundos para ver se ele responderia à minha pergunta, mas quando ele não o fez, sabia que tinha a minha resposta.

Limpei minha garganta e perguntei:

— Você sabe por que ela voltou? — Essa era a única coisa que ainda não havia descoberto. Eu só havia pedido a resposta para uma pergunta e sabia que estava passando dos limites, mas era o que mais me incomodava.

Quando ninguém respondeu à minha pergunta imediatamente, foi fácil chegar a uma conclusão. Eles sabiam por que ela estava aqui, mas não tinham motivo para me contar agora.

Os Chevaliers agiam com base na necessidade de saber. Se eles achavam que você não precisava saber de algo, então você não sabia. E como eu não era o atual presidente e nem fazia parte da diretoria da sociedade, não tinha o privilégio de saber porque eles não consideravam necessário.

—Talvez ela, assim como você, tenha recebido um chamado para estar aqui. Neste lugar, neste exato momento.

Fiquei chocado por ter recebido uma resposta. Não me dei ao trabalho de pedir mais informações porque sabia que era tudo o que receberia. Sua pausa foi um ponto final que não deixou mais espaço para perguntas.

O reaparecimento de Raven em minha vida continuava sendo um mistério, mas estava determinado a chegar ao fundo da questão.

Acenei com a cabeça, agradecendo silenciosamente aos homens diante de mim e me afastei. Meus pensamentos giravam em torno do que isso poderia significar, mas tudo foi interrompido quando vi Landon. Minha mente se apagou imediatamente e fui até ele.

Seu sorriso me cumprimentou e precisei de todo o meu autocontrole para não tirá-lo do rosto dele. Em vez de causar uma cena na frente dos outros Chevaliers que estavam por perto depois da reunião, puxei Landon para o lado. A única coisa que me impediu de lhe dar um soco na cara ali mesmo foram as provas de liderança que pesavam em minha mente e o retrato de Virgil Cross olhando para mim.

— O que você quer, Henson?

— Fique longe da Goodwin.

— Quem é... — O reconhecimento brilhou em seus olhos. — Raven? Do último fim de semana?

Eu o encarei, e ele cruzou os braços.

— Ela parecia estar interessada da última vez que eu...

— Fique longe dela ou vou matar você. Sem fazer perguntas.

Sua expressão ficou irritada, e era óbvio que ele não gostou muito da minha ameaça.

— Tenho sido gentil com você porque não quero começar nenhuma merda, mas você não vai ditar com quem posso ou não falar.

— Não só posso, como vou fazer isso.

Landon me olhou fixamente, presumi que em uma tentativa de me intimidar, mas não surtiu efeito.

— Vá se foder, Henson. Você não vai fazer nada, não vai querer criar problemas por causa das provas de liderança.

Afastei suas dúvidas sobre o que eu faria ou não faria.

— Se eu fosse você, levaria minha advertência a sério. Eu odiaria vê-lo com um corte na garganta no final do dia.

Ele não conseguiu conter o medo que vi brevemente em seus olhos. *Bom.*

Já cansado dessa disputa que, para começo de conversa, não era bem uma, me afastei dele. Caminhei pelo longo corredor cheio de história. Líderes que vieram antes de mim ou que conduziram essa organização em momentos bons e ruins. A quantidade de história nessas paredes e o legado que esses homens deixaram eram insuperáveis. Dei uma olhada rápida em

Damien Cross antes de continuar. Ele havia sido presidente durante seu mandato na Universidade de Brentson e admirava o que sabia sobre ele.

Ao sair da Mansão Chevalier, tirei o paletó do terno e caminhei até o meu carro. Era uma rara sexta-feira em que não tinha mais nada para fazer naquela noite, além de me preparar para o jogo de futebol de amanhã. Um sorriso surgiu em meu rosto quando percebi que era uma excelente oportunidade para começar meu jogo com Raven. Isso proporcionaria... muito estímulo antes do nosso confronto.

Não importava o que eu fizesse, não conseguia tirar da cabeça a expressão dela quando lhe disse que ela seria minha para fazer o que eu quisesse. Eu não podia negar que sua rebeldia era muito excitante. A raiva e a coragem dela mandaram uma onda de energia por todo o meu corpo, mas que acabava chegando ao meu pau.

Eu estava falando sério quando mencionei que havia várias coisas que tinha perdido no ensino médio porque não tinha conseguido o suficiente dela. Agora, estou determinado a coletar tudo isso.

E isso incluiria domá-la.

Quando saí do estacionamento da Mansão Chevalier, meu celular tocou. Não me dei ao trabalho de pegá-lo porque sabia que era uma mensagem de texto e preferi lê-la no painel do carro.

Número desconhecido: R está em Nova Iorque, comemorando um aniversário. Achei que você gostaria de ir a uma boate famosa que começa com a letra E.

Era o mesmo número que havia me enviado uma mensagem quando estava sentado do lado de fora da casa de Raven depois do incidente entre mim e ela na biblioteca. Fiz minha devida diligência para descobrir quem diabos era, mas não encontrei nada. Também não me preocupei em perguntar aos Chevaliers sobre isso porque, mesmo que estivesse ligado a eles de alguma forma, eles não admitiriam.

Não. Havia um motivo para eu saber dessas informações e precisava agir de acordo com ele.

"Talvez ela, assim como você, tenha recebido um chamado para estar aqui. Neste lugar, neste exato momento."

As palavras de Tomas passaram pela minha cabeça repetidamente. Havia um motivo pelo qual as coisas estavam acontecendo do jeito que estavam agora, e deveria aceitar tudo.

O texto incluía dicas suficientes sobre onde ela estava e, com base em minhas próprias pesquisas e deduções, sabia de quem era o aniversário que ela estava comemorando. Talvez demorasse um pouco para chegar lá e preparar o que queria, mas sabia exatamente para onde estava indo e o que precisava fazer.

— E aí, cara?

— Você está a fim de ir para Nova Iorque em algumas horas?

Easton não respondeu de imediato.

— Você sabe que temos um jogo de futebol amanhã?

Eu dei uma risadinha.

— Desde quando você gosta de seguir as regras? Prometo que chegaremos ao jogo com tempo de sobra, basta trazer tudo o que precisar.

— Você fez uma excelente observação... — Sua voz se arrastou antes que ele dissesse: — Ok, estou dentro.

Não pude conter meu sorriso. Raven queria sair e se divertir? Então poderíamos sair e festejar.

CAPÍTULO 14
RAVEN

— Como diabos você conseguiu nos colocar aqui?

— Pedi e implorei aos meus pais para ver se eles conheciam alguém que pudesse nos colocar pra dentro. E eles, de alguma forma, conseguiram fazer isso. Eu mesma não consigo acreditar. A propósito, esse vestido fica melhor em você do que em mim.

O minivestido azul-claro que havia escolhido no armário de Izzy estava fora do padrão para mim, mas este não era um fim de semana normal. Eu sentia a necessidade de mudar as coisas e tinha conseguido isso. Sim, também passei frio no caminho até aqui, mas valeu a pena pelo fato de ter me sentido bem. Olhei para mim mesma e me perguntei se ela teria pegado algumas bebidas enquanto não estávamos olhando. Tínhamos bebido algumas doses antes de chegar à Elevate para ajudar a nos soltarmos mais. E eu ainda estava impressionada por estarmos aqui.

O Elevate era o epítome de um estabelecimento de classe. Tinha um tema elegante em preto, cinza e dourado em toda a boate. Eu já tinha visto a atmosfera do bar e da pista de dança se transformar com a mudança da música e da iluminação. Em um minuto, parecia uma rave e, no outro, tinha um ar romântico com as luzes baixas e música suave tocando.

Depois que Izzy disse a Lila, Erika e a mim que havia alugado um quarto de hotel chique com vista para Manhattan e que iríamos ao Elevate para comemorar seu aniversário, fiz minha pesquisa. Entrar em um dos clubes mais exclusivos de Nova Iorque não era pouca coisa, especialmente para uma festa de aniversário de 21 anos. Obrigado, Sr. e Sra. Deacon.

O que ninguém havia mencionado era que esse lugar também tinha um clube de sexo no porão. Embora não tivesse planos de explorá-lo, achei a ideia interessante.

Mas aqui estávamos nós, sentadas em uma das áreas VIP, desfrutando de todas as comodidades que a Elevate tinha a oferecer. Eu estava curtindo o ritmo da música quando senti minha bolsa vibrar. Percebi imediatamente que era meu celular e que, muito provavelmente, era uma mensagem de texto.

> Nash: Meu apartamento. Uma hora.

Meu coração parou quando uma mistura de emoções me inundou. Primeiro, ver o nome dele aparecer na minha tela me fez voltar no tempo. Segundo, não havia como voltar a Brentson a tempo.

Como ele ousou me avisar com apenas uma hora de antecedência? A raiva e a irritação deixaram todas as minhas outras emoções de lado e lhe enviei uma mensagem de texto curta em resposta.

> Eu: Estou ocupada. Podemos discutir isso mais tarde.

Eu esperava que minha frustração com ele estivesse clara, mas sabia que muita coisa poderia se perder na interpretação na leitura de uma mensagem de texto. Coloquei meu celular de volta na bolsa e planejei ignorá-lo por enquanto.

Esse plano foi revertido quando meu celular vibrou novamente. Com um suspiro, abri a bolsa e mexi no celular para que pudesse ver quem era sem tirar o aparelho da bolsa. Seu nome, em letras grandes, brilhou na tela. Revirei os olhos ao encerrar a ligação. Ele podia esperar, porque não ia estragar o aniversário de Izzy para mim.

— Raven?

Olhei para Lila e lhe dei um grande sorriso. Provavelmente parecia falso, mas não me importei. Eu iria fingir até o último segundo.

— Estamos prestes a pedir bebidas. Você quer alguma coisa?

— Uma margarita seria ótimo — disse. Olhei em volta antes de perguntar: — Onde estão Izzy e Erika?

— No banheiro.

Dessa vez, revirei os olhos de brincadeira. Quando se ia ao banheiro, corria-se o risco de ter de ir um milhão de vezes. Eu sabia que era apenas uma questão de tempo até que tivesse que ir também.

Olhei ao redor do ambiente e me deparei com dois caras de terno escuro do outro lado da área VIP. Um deles estava me olhando com curiosidade, e não pude deixar de me sentir um pouco desconfortável enquanto me encarava, mas ele não fez nenhum movimento para se aproximar, então presumi que estava segura.

Uma pequena comoção chamou minha atenção para as escadas e vi

Izzy e Erika subindo as escadas com Izzy dando risada. Ela estava tentando acertar a coroa e a faixa que havíamos comprado para ela usar hoje à noite, o que era no mínimo cômico. Ela fez uma pequena dança quando se sentou de volta em seu lugar, bem no momento em que a garçonete da noite apareceu com nossas bebidas.

— Eu pago — anunciei e tirei da minha bolsa algumas notas de dinheiro. A garçonete balançou a cabeça.

— Não precisa. Já cuidaram disso para você.

— Quem?

— Ele quis permanecer anônimo.

Que porra é essa?

Levei alguns segundos para entender, mas me virei para ver se encontrava o homem de terno escuro que estava olhando em nossa direção momentos atrás. Mas ele havia desaparecido.

— Hum, ok. — Depois que a garçonete entregou as bebidas para cada uma de nós, esperei até que as meninas estivessem distraídas antes de me inclinar e dizer: — Posso pedir que faça algo especial para mim?

— Claro. Do que você precisa?

Sussurrei o que queria fazer e lhe entreguei algumas notas. Observei quando ela me deu um grande sorriso e confirmou que faria o que eu havia pedido. Quando a garçonete se afastou, tentei engolir a preocupação que senti com o que acabara de acontecer e concentrei minha atenção em Izzy e em todas as outras. Lentamente, me livrei da sensação e apreciei a bebida à minha frente. A música que estava tocando em toda a boate me deu a oportunidade de me livrar de todas as preocupações que tinha e me perder nela. Essa pode ter sido a maior diversão que tive em toda a minha vida.

Notei nossa garçonete antes de qualquer outra pessoa e não pude conter meu sorriso. Isso foi perfeito. Dei um tapinha no ombro de Izzy e apontei para a escada que a garçonete acabara de alcançar.

Seus olhos imediatamente se iluminaram como faróis. A garçonete estava se aproximando com um bolo com velas em miniatura. Foi uma ótima ideia, pois todas nós tínhamos bebido e talvez comer alguma coisa ajudasse a absorver um pouco do álcool.

Todas nós cantamos parabéns e vimos Izzy apagar suas velas. Nossa garçonete levou o bolo para os fundos e depois voltou com fatias igualmente cortadas para nós quatro e o restante embalado para levar para o hotel. Quando terminei minha fatia, levantei-me e ajeitei meu vestido.

JOGO *Ardiloso*

— Vou ao banheiro — disse a Lila. Ela era provavelmente a mais sóbria, além de mim, e isso foi confirmado quando Izzy soltou um grito quase estridente. Balancei a cabeça enquanto pegava minha bolsa e me afastava com os ouvidos zumbindo levemente por causa dos gritos dela.

O banheiro da área VIP estava ocupado, então desci as escadas para usar um dos banheiros reservados para o público em geral. Não havia como eu aguentar. Felizmente, havia mais banheiros e não houve espera. Lavei as mãos e retoquei o batom rapidamente. Olhei-me no espelho e percebi que estava muito bem. Talvez pudesse convencer as meninas de que deveríamos nos misturar com alguns dos outros clientes para ver quem poderíamos conhecer.

Esse era o único pensamento em minha mente enquanto me olhava pela última vez antes de ir até a porta do banheiro e abri-la.

E foi aí que eu o vi.

CAPÍTULO 15
RAVEN

Fiquei parada no lugar enquanto o estudava. Qualquer agitação causada pelo álcool havia desaparecido, e tive a oportunidade de observá-lo. Eu nunca admitiria isso em voz alta, mas estava me perguntando como era possível estar excitada por ele, mas também com medo do que ele poderia fazer comigo. Seus cabelos loiros pareciam ter sido penteados, e sua camisa branca estava desabotoada no pescoço e parecia ligeiramente amassada. Vê-lo um pouco despido me fez pensar no que ele estava fazendo antes de me encontrar.

Por melhor que fosse sua aparência, estava irritada com o fato de ele estar aqui.

— Você só pode estar brincando comigo.

— Não há brincadeira aqui, passarinho.

Fazia anos que não ouvia esse apelido e ele fez meu corpo tremer. Ou talvez tenha sido o olhar de Nash quando ele disse isso. Era óbvio quem era o caçador e quem era a presa. Ele deu um passo à frente e me perguntei se ele iria me empurrar de volta para a porta do banheiro. Em vez disso, ele agarrou meu braço e me arrastou pelo corredor escuro enquanto lutava contra ele. Tentei gritar, mas não adiantou. A música estava tocando muito alto, abafando qualquer chance de eu ser ouvida.

Ele finalmente parou e me encostou na parede. Havia apenas alguns centímetros entre nós enquanto ele me cercava. Para qualquer um que nos visse, poderia parecer um casal tendo um momento íntimo, mas eu sabia que não era assim. O olhar intenso em seus olhos não era de luxúria, era de raiva.

Eu sabia que era por causa da mensagem de texto que enviei. Eu não esperava vê-lo tão cedo depois de enviá-la.

— Você vai embora comigo agora mesmo.

Sua voz era baixa e perigosa, mas me recusei a ser intimidada.

— Não. Não vou, e você pode ir ...

Minhas palavras foram interrompidas quando ele se abaixou e, antes que percebesse, estava vendo sua bunda porque ele me jogou por cima do ombro.

— Me solte, seu idiota! — gritei enquanto batia em suas costas. Usei cada grama da minha força para garantir que ele soubesse o quanto estava irritada com o que estava acontecendo, mas não importava. Seu aperto em mim se tornou mais forte e um rangido alto que se juntou a uma rápida rajada de vento me disse que estávamos do lado de fora. Se alguém estivesse perto de nós, com certeza estaria vendo minha bunda. Gritei novamente, mas tudo isso foi temporário porque, quando dei por mim, estava sendo jogada no banco do passageiro de um carro esportivo sofisticado.

— O que você vai fazer agora é ficar quieta durante toda a viagem, a menos que eu fale com você. Entendeu?

— E se eu não ficar?

— Você não vai querer aumentar o castigo que vai receber por bater nas minhas costas.

— Mas você estava...

Parei de falar porque ele havia fechado a porta e observei enquanto ele dava a volta no carro até o lado do motorista. Parecia que ele tinha me levado pela entrada dos fundos do Elevate, provavelmente para evitar uma cena. Fiquei surpresa com o fato de ninguém ter visto ele me levar para fora da boate. Ou talvez as pessoas tivessem visto e não estivessem se importando com isso.

Tentei abrir minha bolsa para poder ligar para o 911 ou para Izzy. O 911 era provavelmente a melhor opção, pois não sabia em que estado Izzy estava e se ela poderia atender ao celular. Quando Nash abriu a porta do motorista, eu estava prestes a pressionar enviar quando ele arrancou o celular da minha mão e sentou-se no banco do motorista. Antes que pudesse gritar com ele, ele me lançou um olhar penetrante, desafiando-me a emitir algum som depois do que acabara de dizer.

Nash guardou meu celular no bolso e trancou as portas do carro. Não tinha outra opção além de colocar o cinto de segurança e seguir viagem, porque se eu corresse, não havia dúvida de que ele me pegaria, dado o meu estado atual.

Ele ligou o motor e fiquei ouvindo o carro ganhar vida. Sabia pouco sobre carros esportivos, mas, pela aparência e pelo som desse, com certeza devia ter custado um bom dinheiro.

Nash guiou o carro para fora do beco e virou na rua. Estávamos dirigindo noite adentro, e não tinha ideia de onde isso me levaria.

Nash acabou me levando para um apartamento de luxo que não ficava muito longe da Elevate. Eu só sabia disso porque passei toda a viagem de carro olhando o relógio no painel e dirigimos por menos de quinze minutos. Quando ele estacionou o carro em uma garagem subterrânea, esperei enquanto ele dava a volta para abrir a porta do passageiro para mim. Ainda não havíamos dito uma palavra um para o outro quando saímos do carro, subimos em um elevador e entramos no que supunha ser a casa dos pais dele.
    Enquanto ele fechava a porta, rapidamente observei o espaço em que estávamos. Era diferente do apartamento dele em Brentson. Esse apartamento foi projetado com um toque mais tradicional e tinha cores mais neutras, como a minha casa. Ele também tinha todos os aparelhos e dispositivos mais modernos e, dada a nossa localização, sabia que devia ter custado uma fortuna.
    Nash pegou algumas correspondências e as examinou. Eu sabia que ele provavelmente não se importava com aquilo e estava fazendo isso para me deixar mais ansiosa.
    Limpei a garganta e disse:
— Dê-me o meu celular.
— Você o receberá de volta quando eu disser que sim.
— Devolva-o para mim.
    O olhar no rosto de Nash me desafiou a continuar. Sua expressão facial era absolutamente assustadora e me trouxe lembranças do meu encontro com ele na biblioteca. Meu filtro não conseguiu capturar minhas palavras a tempo e perguntei:
— Você vai me matar?
    Nash me encarou como se eu tivesse ganhado outra cabeça. Então um sorriso apareceu em seus lábios.
— Você quer que eu faça isso?
— Pode ser muito melhor do que o que você planejou para mim se você teve que recorrer ao sequestro para fazer isso.
— Eu não sequestrei você.
    Isso foi o suficiente. Sua resposta indiferente me irritou.

— Você é o maior pedaço de...

Ele não teve problemas em me interromper.

— Por favor, me diga por que sou um pedaço de merda, Goodwin.

— Porque você armou uma cilada pra mim. Não havia como eu chegar ao seu apartamento em uma hora se estivesse aqui. E você sabia onde eu estava porque não teve problema em aparecer e me arrastar para fora de lá.

— Eu não arrastei você para lugar nenhum.

— Ok, já que você quer ser técnico, você me pegou e me jogou no seu carro. Isso funciona?

— Claro, se isso te ajuda a se sentir melhor.

Mas ele não negou o resto do que eu disse.

— Você armou tudo isso. Admita.

Ele deu de ombros.

— Eu fiz.

Não havia remorso em suas palavras. Em vez disso, sua resposta parecia um desafio. Desafiando-me a dizer qualquer outra coisa.

— Apenas comece seu maldito jogo.

— Você deveria ser mais paciente.

Suas palavras me irritaram ainda mais, a ponto de eu querer jogar algo nele. No fundo, sabia que não seria algo inteligente e que ele provavelmente poderia se esquivar de qualquer coisa que eu jogasse por causa de sua habilidade atlética, mas isso não significava que não quisesse tentar.

Nash veio em minha direção, e meu corpo imediatamente enrijeceu. Quando ele não se aproximou de mim como esperado, fiquei olhando para ele, imaginando o que ele faria em seguida. Ele foi até o sofá como se não estivesse nem aí para nada e se sentou.

Assim que se acomodou, sacou o celular e parecia estar navegando. Mas, de onde eu estava, não conseguia ver exatamente o quê. Essa deve ter sido sua maneira de me ensinar uma lição sobre paciência.

Não tinha certeza de quanto tempo fiquei ali parada até que ele finalmente olhou para mim e falou.

— Venha cá.

Eu odiava como essas duas palavras faziam meu coração errar uma batida. Se ele estava determinado a me manter desequilibrada, estava fazendo um excelente trabalho. Olhei para a porta, desejando que alguém entrasse e impedisse qualquer loucura que ele tivesse planejado. Será que valeria a pena tentar abrir a porta e correr para pedir ajuda?

— Nem pense nisso — disse.

Eu odiava que ele pudesse ler meus pensamentos. Agora que ele sabia no que estava pensando, a oportunidade atrás daquela porta havia se fechado.

— Quero que você tire a roupa.

Escondi meu choque sem fazer nenhum movimento, pois suas palavras fizeram minha pele ficar vermelha. *Como ele se atreve?*

Era porque ele era Nash Henson e podia esmagar tudo pelo que trabalhei tão arduamente com um simples toque de sua mão.

— Eu sei que você pode fazer melhor do que isso. Tire o vestido. Devagar.

Fiquei paralisada. Meu objetivo era vir aqui e argumentar com ele. Sempre foi tão fácil conversar com ele e não havia como isso ter mudado nos dois anos em que estive fora. Porém estava claro que eu estava errada.

A bile subiu em minha garganta ao pensar que ele estava fazendo isso. No fundo, esperava que ele deixasse tudo isso de lado e só agora eu realmente temia as ramificações de seu jogo doentio e perverso.

Para começar, meu vestido não deixava muito à imaginação. Quando fiz um movimento para agarrar o tecido, Nash fez um som de estalo com a língua e parei de me mexer.

— Deslize as alças por seus braços e depois puxe-o para baixo. Quero ver seus peitos balançando.

Achei que a humilhação teria penetrado em minha consciência e pude sentir minha pele esquentar com suas palavras. Mas havia algo mais ali também.

— Sabe, nunca imaginei que você fosse se tornar um babaca.

— O sentimento é mútuo, querida. — O sarcasmo estava estampado em suas palavras enquanto seus olhos me observavam puxar uma das alças pelo braço. — Sabe do que me arrependo?

Eu me recusei a dignificá-lo com uma resposta, mas isso não o impediu de continuar.

— Eu me arrependo de não me saciado completamente comendo essa boceta antes de você fugir da cidade. Tudo isso muda agora.

Doeu o fato de ele se referir ao tempo que passamos juntos dessa forma. Eu não esperava me sentir assim, e essa constatação doeu mais do que o ato degradante que ele me obrigou a fazer agora. Lentamente, deslizei a outra alça pelo meu braço. Empurrei o resto do tecido pelo corpo e saí dele, deixando-me apenas com a calcinha rendada que usei esta noite e as botas de salto alto que combinei com o vestido de Izzy.

Nash se remexeu em seu assento enquanto me observava, desenterrando sentimentos que eu pensava ter enterrado há muito tempo. Essas emoções foram liberadas e estavam mais fortes do que nunca. No fundo, sabia que o garoto por quem havia me apaixonado ainda estava lá, escondido atrás da fachada que ele havia montado para evitar que alguém se aproximasse demais.

Empurrei os ombros para trás quando me veio à mente o motivo pelo qual deixei Brentson. Seus olhos demoraram a examinar a visão diante dele.

— Continua tão gostosa como sempre.

Suas palavras sempre foram algo que adorava nele. Ele conseguia me excitar só de dizer algo de uma certa maneira, principalmente quando estava realmente dizendo palavrões. Durante o tempo em que estive fora, atribuía isso ao fato de não ter muita experiência com outros homens, mas estava claro que, apesar de não nos suportarmos, ele ainda tinha esse poder sobre mim.

Era isso. Era isso que estava fazendo para garantir que Nash não vazasse meu segredo.

— Venha cá. — Eu mal entendia o que ele dizia, pois, sua voz estava muito baixa.

Caminhei até ele, subitamente insegura de meus passos. A confiança que tinha no início da noite, quando saí do hotel, havia desaparecido, mas os sinais de humilhação que achava que tomariam seu lugar não estavam lá. Nash não conseguia tirar os olhos de mim e estava obviamente afetado pela visão que tinha diante de si. Pela maneira como ele puxou a calça e se ajeitou, percebi que estava tendo dificuldade para se controlar.

Um sentimento de orgulho cresceu no fundo do meu estômago. Embora em sua mente ele pudesse me odiar, seu corpo tinha outros planos.

— Sente-se em meu colo, com as costas contra meu peito.

Não era isso que esperava que ele fosse dizer. Em vez de passar mais tempo questionando, fiz o que ele mandou. Era inegável o quanto ele estava sendo afetado pelo meu corpo quase nu, agora que sentia seu pau sob minha bunda nua. Mas minha atenção não permaneceu ali por muito tempo.

Sua mão traçou uma linha imaginária para cima e para baixo em meu braço antes de se aproximar para agarrar meus seios. Eu não queria ceder ao seu toque, mas era como se não tivesse escolha. Meu corpo tinha vontade própria e todos os sinais apontavam para o prazer que estava se formando no fundo do meu estômago. Nash provocou meus mamilos até eles ficarem duros. Eu queria que ele me virasse e os chupasse, mas me recusei a expressar essa necessidade em voz alta.

Quando sua mão deixou meu seio, suspirei irritada, mas esse sentimento logo foi esquecido quando observei para onde ele estava indo. Eu podia sentir sua respiração fazendo cócegas em minha orelha enquanto sua mão percorria meu corpo até chegar à minha boceta. Nash usou uma de suas mãos para esfregar para cima e para baixo os lábios cobertos pela calcinha enquanto eu me contorcia sob seu toque.

Me foda, Nash. Me foda.

Felizmente, só havia dito esse mantra em minha cabeça, embora ficasse evidente o quanto estava desesperada para que ele me fodesse. Como se tivesse ouvido meus pensamentos mais uma vez, ele moveu minha calcinha para o lado e encontrou meu clitóris. Quando o tocou pela primeira vez, minhas costas se arquearam e ouvi um rosnado sair de seus lábios.

Nash brincou com meu clitóris sem pressa, usando o dedo para dançar ao longo da minha fenda e de volta ao clitóris antes de fazer tudo de novo. Era como se ele estivesse jogando um jogo criado apenas para ele. Eu podia sentir minha excitação e não me surpreenderia se tivesse deixado vestígios do efeito que ele estava tendo sobre mim em sua calça.

Ele usou o outro braço para envolver minha metade inferior, ancorando-me contra seu corpo, e usou os dedos dessa mão para manter minha calcinha fora do caminho.

Os dedos que estavam brincando com o meu clitóris pararam e ofeguei quando ele finalmente me deu o que eu queria e deslizou o dedo dele para dentro de mim.

Nossa conexão e os gemidos baixos que eu emitia eram os únicos sons que podiam ser ouvidos na sala. Deveria me envergonhar o fato de ele ter me transformado nisso, mas não me importava. Nada mais importava. Tudo o que queria era que ele me ajudasse a atingir o clímax.

Minha respiração ficou mais difícil e pude sentir que estava chegando ao limite. Ele também deve ter percebido, porque seus movimentos diminuíram e ele afastou o dedo, decidindo, em vez disso, passar os dedos para cima e para baixo em meus lábios novamente. Quando minha frustração aumentou, ele colocou o dedo dentro de mim e voltou a me foder. Imaginei que fosse o pau dele e, quando estava quase chegando ao limite novamente, ele parou.

— Vai se foder! — Eu parecia desesperada e não me importava.

JOGO *Ardiloso*

— Você quer gozar? — Eu ouvi o sorriso em sua voz.

Assenti ansiosamente com a cabeça enquanto meus dedos apertavam suas coxas. Se ele não estivesse usando uma calça preta, sabia que teria deixado marcas nelas com minhas unhas. No fundo, sabia que ele me levaria à beira do orgasmo novamente e depois o arrancaria. Era outra maneira de ele me torturar e de mostrar o poder que tinha sobre mim. Quando ele fez isso de novo, gritei de frustração.

— Era isso que eu queria ouvir — sussurrou em meu ouvido. Seu dedo deslizou para dentro de mim e me fodeu com um vigor que não havia encontrado quando ele estava me provocando antes. Era como se todas as vezes anteriores tivessem sido um aperitivo e agora estivéssemos começando o prato principal.

Eu gemia alto enquanto montava em sua mão, determinada a que dessa vez fosse o fim. Dessa vez, conseguiria o que queria.

Meu corpo finalmente saiu do controle quando o prazer que vinha se acumulando ao longo de sua provocação foi finalmente liberado, livre do controle que ele tinha sobre mim. Recostei-me em seu ombro e fechei os olhos. Se você tivesse me dito que eu estaria deitada nos braços de Nash agora, o chamaria de mentiroso.

— Eu poderia enfiar meu pau nessa linda boceta agora mesmo e você não faria outra coisa que não fosse gemer.

Suas palavras permearam a euforia em que estava, e odiei que ele estivesse certo.

— Mas eu não vou fazer isso.

Fiquei irritada por me sentir desapontada com suas palavras enquanto seu dedo continuava a deslizar para cima e para baixo na minha fenda, cobrindo mais da minha boceta com minha excitação.

— Quando eu transar com você, quero que você se lembre de cada segundo, ângulo, posição e som que fizermos juntos.

Eu me arrepiei involuntariamente. Nash agarrou meu corpo novamente antes de me levantar e me colocar na almofada ao seu lado.

— Você precisa se limpar e se vestir. Vou pegar uma toalha para você.

Suas palavras foram como um balde de água gelada derramado sobre meu corpo. Era como se eu tivesse sido acordada de um sono profundo. Arrumei minha roupa íntima, levantei-me do sofá e caminhei até o vestido que havia deixado no chão. Peguei-o e o segurei contra o peito, o que me pareceu tolo, considerando o que tínhamos acabado de fazer.

— Apenas me diga onde fica o banheiro, e estarei pronta e fora daqui em cinco minutos.

Nash olhou para mim de forma estranha antes de apontar para uma porta. Quase fugi dele, mas pensei melhor. Em vez disso, entrei no banheiro normalmente e fechei a porta com um pouco mais de força do que o necessário. Foi então que respirei fundo e me dei conta do que havia feito.

CAPÍTULO 16
RAVEN

O resto do meu tempo em Nova Iorque passou em um borrão. Isso se deveu ao fato de a sexta-feira ter sido um turbilhão ou ao que Nash e eu fizemos.

No fundo, sabia que era a segunda opção, embora tentasse me convencer de que era por causa da primeira. Retornei as mensagens de texto que havia recebido enquanto estava com Nash e disse às meninas que as encontraria no hotel quando elas voltassem. Embora elas tenham se oferecido para me encontrar, não estava com vontade de voltar para continuar minha noite na cidade. De qualquer forma, não era a minha praia e não estava disposta a recusar uma noite relaxante em um quarto de hotel. Mantive o meu celular ligado para o caso de alguém precisar de mim, mas, fora isso, estava planejando ficar de molho e tirar um cochilo.

Mas mesmo depois de todas as minhas tentativas de relaxamento, meu cérebro não se desligava.

Finalmente cochilei, e as meninas voltaram para o quarto do hotel por volta das duas da manhã, e imediatamente comecei a trabalhar para ajudar a cuidar de Izzy, que era de longe a que estava na pior situação. Se ela deixasse de beber por um tempo, não ficaria surpresa, mas que maneira de comemorar seu vigésimo primeiro aniversário.

Nenhuma das garotas se deu ao trabalho de me perguntar onde eu estava, então presumi que minhas mensagens tinham feito um bom trabalho para convencê-las de que estava bem. Eu sabia que, se Izzy estivesse no estado de lucidez certo, ela teria causado um tumulto maior, mas presumi que Lila e Erika pensaram que eu provavelmente tinha saído e ficado com alguém. E elas não estariam erradas.

Lila se ofereceu para dirigir o carro de Izzy de volta a Brentson no sábado, porque ela não estava em condições de fazê-lo. Embora esperasse que pudéssemos passar mais tempo na cidade, os deveres de casa e outras obrigações nos chamavam e decidimos que provavelmente precisaríamos do resto do sábado e de todo o domingo para nos atualizarmos. Eu me oferci para sentar no banco de trás com Izzy, caso as coisas com ela piorassem, e achei que era o mínimo que poderia fazer, pois Lila e Erika haviam cuidado dela depois que Nash me tirou da boate.

Izzy dormiu durante a maior parte da viagem de volta a Brentson, deixando-me com meus pensamentos sobre Nash. Eu não tinha notícias dele desde sexta-feira à noite e não sabia se, no fundo, estava esperando por isso. Eu me recusava a insistir no que havia acontecido porque não havia nada que pudesse fazer para mudar isso.

E eu não queria fazer isso.

Essa era uma pílula amarga para engolir. Eu não o suportava, mas gostava da maneira como ele me fazia sentir. Gostei do efeito que tive sobre ele, e eu faria isso de novo? Talvez.

As chances de isso acontecer novamente eram altas se esse fosse o objetivo do jogo dele. Eu tinha permissão para encontrar algum prazer nisso, se pudesse. Agora, eu admitiria isso em voz alta? Discutível.

A viagem de carro de volta ao campus foi tranquila. Nós quatro jogamos nossas malas dentro de casa e fomos para nossos respectivos quartos para tirar um cochilo e tentar nos recuperar da aventura que havíamos tido na noite de sexta-feira.

Quando acordei noventa minutos depois, meu estômago roncou enquanto me levantava da cama. A vontade de pedir que entregassem fast food era grande, mas me contive, preferindo pegar duas pizzas congeladas que tínhamos guardado no freezer para emergências como essa. Quando estava colocando a pizza no forno, ouvi uma porta se abrir. Alguém deve ter acordado na mesma hora que eu.

Depois de fechar a porta do forno, virei-me e vi Izzy entrando na cozinha. Seu cabelo estava uma bagunça e nem mesmo o rabo de cavalo improvisado que ela havia feito ajudava.

— Bom dia, raio de sol — eu disse sarcasticamente. — Posso lhe trazer uma xícara de café? A cafeína vai ajudar.

Izzy se sentou à mesa da sala de jantar, colocou a garrafa de água que estava carregando na frente dela e fechou os olhos.

— Sim, seria ótimo, e um copo de água, se não se importar.

Preparei uma xícara de café para ela e a coloquei ao lado da água.

— Onde você foi enquanto ainda estávamos na Elevate?

Izzy sabia como ir direto ao ponto. Nada de "olá" ou "como vai você". Mesmo em seu estado de ressaca, ela estava determinada a obter as respostas

JOGO *Ardiloso*

87

que desejava. Pensei em mentir e fazer com que ela pensasse que estava lá o tempo todo, mas isso era uma coisa muito ruim de se fazer. Além disso, eu a havia abandonado em seu dia especial, então o mínimo que poderia fazer era ser sincera.

— Nash apareceu.

Meu anúncio fez com que ela se sentasse rapidamente, e pude ver que ela se arrependeu imediatamente. Ela estremeceu, e eu apontei para a garrafa de água. Ela tomou um gole antes de continuar.

— Isso faz sentido, já que Easton estava lá.

— Easton?

Izzy respirou fundo e soltou o ar. Com sorte, isso proporcionaria algum alívio para o que eu supunha ser sua cabeça girando.

— É o melhor amigo de Nash. Ele apareceu na Elevate depois que você foi embora. Eu me lembro de ter ficado irritada com ele porque ele disse que sabia onde você estava e que tínhamos que confiar que você estava segura com ele. Pedi a ele que provasse isso e começamos a discutir, mas, sinceramente, as coisas ficaram tão confusas que não dei continuidade ao assunto. Isso é muito ruim.

— Não se culpe por isso. Eu estou bem.

— Mas e se você não estivesse?

— Não vamos pensar nisso agora, mas vamos tomar precauções para o caso de algo assim voltar a acontecer.

Isso pareceu apaziguar Izzy e ela tomou um gole do café quente à sua frente. Eu ainda estava presa ao que ela disse. Easton não era seu melhor amigo quando estávamos namorando, mas era óbvio que ele era cúmplice do golpe que Nash fez. O quanto ele sabia sobre isso? Será que valeria a pena entrar em contato com ele para ver se poderia descobrir o que diabos estava acontecendo?

O plano que estava se formando em minha cabeça era uma boa ideia no início, mas a lealdade de Easton seria com Nash. Easton não me contaria nada.

— Então, o que aconteceu com Nash?

As palavras de Izzy cortaram o ruído em minha mente e eu não conseguia olhar para ela. Não havia como contar-lhe a verdade sobre o jogo e que Nash estava me chantageando e que havia me proporcionado um prazer inegável na noite anterior.

— Nash queria conversar. Sobre o incidente na biblioteca. Disse que se sentia culpado pelo que tinha feito.

Izzy olhou para mim com ceticismo, mas o que disse deve ter sido suficiente.

— E como foi?

— Bem, eu acho. Chegamos a um acordo e ele não fará isso novamente.

— Vocês conversaram sobre o motivo de você ter deixado Brentson no último ano do ensino médio?

Balancei a cabeça.

— Não, não chegamos a falar sobre isso.

— Estranho. Quando entreguei a ele o bilhete que você deixou, ele parecia ter muitas perguntas que acompanhavam a raiva que estava sentindo. Se vocês conversaram, ele teve a oportunidade de perguntar sobre, bem, tudo, e não o fez. Isso é estranho.

— Sim, não tenho certeza de por que ele não o fez.

Eu não disse a ela que foi porque ele achava que tinha todas as respostas. Não disse a ela que era porque ele sabia o que eu tinha feito com o pai dele. O que eu sabia era que ele não tinha a menor intenção de saber a verdade, porque isso não se encaixava em sua narrativa de que eu era a maior vadia do planeta, e ele não tinha nenhum problema em me odiar para se vingar.

JOGO *Ardiloso*

89

CAPÍTULO 17
NASH

A emoção de ganhar um jogo de futebol nunca ficava velha. Não pude deixar de sorrir ao cumprimentar meus colegas de time. Já estavam sendo feitos planos sobre em qual casa iríamos festejar quando voltássemos ao campus. O jogo de hoje era fora de casa, e não via a hora de estar no ônibus de volta para Brentson.

Quando finalmente pegamos a estrada, coloquei meus fones de ouvido e abafei o barulho que vinha dos meus colegas de time e dos nossos técnicos. Todos já sabiam que, durante a viagem, geralmente eu aproveitava o tempo para me concentrar no jogo ou para descomprimir do jogo que tínhamos acabado de fazer. Eu gostava de analisar o que havia feito bem e o que poderia ter feito melhor.

Depois de analisar várias jogadas do jogo, vi meus pensamentos se desviarem do jogo de hoje para Raven. A última vez que a vi foi no fim de semana passado, quando a levei para o apartamento dos meus pais na cidade. Eu o usava de vez em quando, especialmente quando estagiava em Nova Iorque durante os verões após meu primeiro e segundo ano na faculdade. Meus pais ficavam lá quando tinham eventos na cidade e, às vezes, pediam a amigos que ficassem lá se estivessem visitando e o apartamento não estivesse em uso. Foi muito útil ter acesso ao local, especialmente na última sexta-feira.

Passei a maior parte do tempo repetindo a cena de Raven em meus dedos novamente. E mais uma vez. Eu a queria de novo. Ansiava por vê-la desmoronar em meus braços novamente, a ponto de muitos dos meus pensamentos voltarem para ela. Tirá-la do meu sistema parecia ser a única opção e arrisco dizer que foi por isso que o nome dela foi escrito no envelope que me foi entregue após meu primeiro teste para liderança do Chevalier.

Eles sabiam que ela era o meu ponto fraco. Eu não tinha certeza de como eles descobriram, mas eles sabiam. E agora esse era o meu teste.

Fiquei mexendo no meu celular enquanto pensava em mandar uma mensagem para ela. Provavelmente estaria de volta a Brentson em uma hora e meia ou duas horas, no máximo. Seria bom me livrar da adrenalina extra que estava sentindo depois do jogo. Era de se esperar que estivesse cansado depois do esforço físico que acabara de fazer, mas a ideia de ficar com ela proporcionava uma sensação de empolgação que o jogo de futebol não poderia. Verifiquei novamente se não havia mais nada acontecendo hoje à noite e decidi que passaria na festa de comemoração, mas depois disso, tinha outros planos para esta noite.

> **Eu: Esteja pronta para que eu a busque às 22 horas.**

Alguém puxou meu fone de ouvido direito. Ele teve sorte de ter falado antes que eu dissesse algo de que me arrependeria.

— Em quais festas você vai hoje à noite? — Easton se acomodou no assento ao meu lado, como se o tivesse convidado para se sentar ali.

Peguei o fone de volta dele antes de responder:

— Acho que vou apenas à festa na casa de futebol.

Easton piscou uma vez e depois duas.

— Essa não pode ser a única festa que você pretende participar. Acabamos de ganhar um jogo importante.

— Eu sei disso. Eu estava lá, fazendo jogadas no campo.

Easton levantou uma sobrancelha para mim e se inclinou para mais perto para ter certeza de que era o único que podia ouvir o que ele ia dizer.

— O que deu em você? Ano passado, nós íamos em todas as festas e agora parece que essa é a última coisa que você quer fazer... além de viajar para Nova Iorque por capricho e depois desaparecer por algumas horas. Você ainda me deve por ter distraído Izzy, Erika e Lila, sabia?

— Talvez esteja cansado de festas.

— Ou você estava tentando transar com a outra colega de quarto delas. Qual é o nome dela? As pessoas estavam falando mal dela...

Isso chamou minha atenção. Agarrei o braço de Easton e o segurei com força.

— Quem estava falando sobre ela e o que estavam dizendo?

— Ai, cara, porra.

Afrouxei meu aperto em seu braço antes de soltá-lo. Não era minha intenção machucá-lo, mas foi instintivo.

— O que você ouviu?

— Eu não estava aqui quando aconteceu a merda que aconteceu com ela, mas as pessoas estavam dizendo que não podiam acreditar que ela estava de volta depois do que aconteceu com a mãe dela.

Fiquei surpreso que esse fosse o motivo pelo qual as pessoas estavam falando. Sim, a morte da mãe dela foi trágica, mas havia rumores sobre nós quando ela foi embora, o que realmente fez a fofoca girar.

— Você também foi mencionado um pouco.

Ah, aí está.

— Fascinante. E o que disseram sobre mim e ela?

— Que ela teve muita coragem de aparecer por aqui depois de ter desaparecido no dia seguinte à formatura de vocês no ensino médio.

Isso era verdade e ainda não sabia por que ela estava aqui. Não foi algo que surgiu enquanto a estava fodendo com meu dedo no sofá dos meus pais.

— Então, vou reformular minha pergunta. A razão pela qual você está perdendo todas as festas que certamente acontecerão hoje à noite é por causa dela?

Meu celular optou por vibrar na minha mão, mas não me preocupei em olhar para a tela porque sabia quem era. E não precisava que Easton soubesse mais do que já sabia.

— Talvez. Tenho que molhar meu pau de alguma forma.

Easton quase engasgou.

— Desde quando você tem problemas para conseguir uma boceta?

Isso era verdade. Eu nunca tive problemas para encontrar uma garota para transar, mas Raven me deixou com um tesão do qual precisava me livrar. Se para isso fosse necessário deixar de ir a várias festas temporariamente, que assim fosse.

— Ela deixou você fodido.

Olhei para Easton com o canto do olho, mas não confirmei nem neguei sua afirmação.

— Há quanto tempo nos conhecemos, Nash?

— Desde o primeiro ano.

— E nunca o vi tão obcecado por uma garota.

— Eu não estou obcecado por ela.

Easton deu uma risada.

— Se acreditar nisso é o que te ajuda a dormir mais tranquilo à noite, que seja.

Eu não estava obcecado por ela. A única coisa que alimentava meu desejo de tê-la era a vingança. Revirei os olhos para Easton e coloquei meu fone de ouvido de volta, determinado a ignorar o resto do mundo mais uma vez. Voltei minha atenção para a paisagem da minha janela e esperei alguns minutos até ter certeza de que Easton estava entediado e prestando atenção em outra coisa. Quando o vi conversando com alguém pelo canto do olho, ousei olhar para o meu celular. Como suspeitava, uma mensagem de texto de Raven estava esperando por mim para ser lida.

> Raven: O mínimo que você pode fazer é perguntar.

> Eu: Por que eu deveria perguntar se já sei o que você vai fazer?

Sorri ao ver que ela já estava digitando. Discutir com ela agora tornaria esta noite muito mais agradável.

> Raven: Em algum momento nós vamos conversar sobre o que aconteceu? Eu gostaria de explicar meu lado da história.

Fiquei olhando para a mensagem dela por mais tempo do que o necessário. Embora sempre devesse esperar o inesperado, fui pego de surpresa pela mensagem dela. Falar sobre o que aconteceu só iria estragar ainda mais a situação. Talvez me sentisse diferente no futuro, mas, por enquanto, não tinha intenção de falar sobre aquele dia.

> Eu: Não, não vamos. 22h.

Guardei meu celular e prometi não falar com Raven novamente até vê-la mais tarde. Deixei que a música me acompanhasse durante toda a viagem de volta a Brentson.

Quando estava saindo do ônibus do time, olhei para cima e vi Landon parado ali. *Que diabos ele está fazendo aqui?*

Antes que pudesse ir até ele, um tapa no meu ombro chamou minha atenção para Easton, que estava olhando para mim com um grande sorriso.

— Você vai pelo menos à festa de futebol hoje à noite, certo?

— Sim, já lhe disse isso.

— Só para ter certeza. Não queria que você desistisse.

Balancei a cabeça para ele e olhei para onde tinha visto Landon pela última vez.

Mas ele havia desaparecido.

CAPÍTULO 18
NASH

Sentei do lado de fora da casa dela em meu carro esportivo cerca de dez minutos antes das dez. Para parecer ainda mais patético, tinha saído da festa em que estava com Easton quinze minutos antes do necessário e dei várias voltas no quarteirão dela para passar o tempo.

Agora estava mexendo no meu celular, passando os olhos por um site deslizando pelas opções de joias enquanto esperava o relógio se aproximar do horário que havia marcado para Raven me encontrar lá fora. Quando cliquei espontaneamente no botão de compra do item para o qual minha atenção havia sido atraída, não me arrependi.

A essa altura, já deveria estar cansado, mas a expectativa do que essa noite traria eliminou qualquer sensação de cansaço do meu corpo. Um momento que estava sendo preparado há anos estava chegando, quer Raven soubesse disso ou não. Estava estacionado em frente a casa dela, bloqueando seu carro e outro na entrada da garagem. Não era como se ela precisasse dele de qualquer forma.

Eu me lembrava de ter ido até a casa dela quando namorávamos no ensino médio e batido em sua porta. Eu conversava com a mãe dela enquanto esperava que ela descesse para irmos aos nossos encontros. Acompanhá-la da porta até o meu carro e abrir a porta para ela era uma das boas maneiras que meus pais me obrigaram a ter. Embora o instinto de realizar essas ações ainda estivesse presente, me recusava a fazer disso algo mais do que já era. Todo esse arranjo era uma vingança e apenas uma maneira de tirá-la do meu sistema o mais rápido possível. Era importante que não desse a ela a ideia de que isso era algo mais.

Por acaso, olhei pelo espelho retrovisor lateral e vi uma SUV se aproximando lentamente. Eu não teria pensado em nada se os faróis do carro não estivessem baixos. Se o motorista estivesse procurando algo, teria dificultado a tentativa por não estar com os faróis acesos.

Tudo em mim gritava sobre o quanto isso era suspeito. Isso me lembrou do que vi quando passei pela casa dela depois do incidente na biblioteca.

O que o motorista do veículo não sabia era que eu também estava aqui, pronto e disposto a enfrentar esse filho da puta.

Quando o utilitário esportivo se aproximou do meu carro, abri a porta, forçando o motorista a parar. Saí do carro e tentei correr para o lado do motorista do outro veículo, mas quem quer que fosse percebeu o que eu estava tentando fazer.

Eles ligaram os faróis altos e colocaram o carro em marcha à ré. Quem quer que fosse, teve sorte de não haver mais ninguém descendo a rua para detê-lo. Fui atrás deles, mas logo percebi que não adiantava, pois não era páreo para um veículo em movimento. Tudo isso aconteceu em questão de segundos e, embora tenha visto de relance o motorista, não foi o suficiente para me dar muitas informações sobre sua aparência.

— Seu filho da... — Impedi as palavras de sair da minha boca porque isso não ajudaria na situação.

— Nash?

Eu me virei para encontrar Raven parada na calçada em frente à casa dela. Entre todas as distrações, não a ouvi abrir a porta e sair.

— Entre no carro, Goodwin.

Ela revirou os olhos, mas abriu a porta do lado do passageiro. Eu fiz o mesmo e logo estávamos dirigindo pela rua.

Nossa viagem de carro foi silenciosa no início e fiquei surpreso por ela não ter mais nada a dizer sobre a minha mensagem de última hora novamente. Acabei com o silêncio porque o incidente com o carro estranho estava me irritando.

— Você notou alguém vigiando sua casa?

Minha pergunta claramente a pegou de surpresa, porque, pelo canto do olho, a vi inclinar a cabeça em minha direção antes de falar.

— Por que isso importa para você?

Raven estava certa. Por que me importava? Eu não podia lhe dar essa resposta porque eu mesmo não sabia o porquê, então desviei o assunto.

— Responda à maldita pergunta.

Ela suspirou e disse:

— Não? Eu deveria ter notado algo?

Fiquei imaginando o quanto deveria lhe dizer, porque contar tudo o que sabia revelaria que tinha ido à casa dela depois do nosso "encontro" na biblioteca.

— Enquanto esperava por você, vi um utilitário dirigindo lentamente pela sua rua. Quando o motorista me notou aqui, engatou a marcha à ré e se afastou. — Não me virei para olhá-la enquanto explicava uma versão dos eventos que não era totalmente verdadeira.

— Mas isso não é tão estranho assim... — Sua voz se arrastou, e me perguntei se ela estava esperando que eu explicasse meu raciocínio.

— Para mim também não teria sido se o motorista não tivesse engatado a marcha à ré. Parecia que quem estava dirigindo estava tentando fugir o mais rápido possível.

Arrisquei e olhei para ela com o canto do olho antes de voltar minha atenção para a estrada. Ela estava balançando a cabeça lentamente e percebi que ela estava acreditando no que eu estava dizendo.

— Acho que isso é um pouco estranho, agora que você mencionou. Mas não, não notei ninguém esperando do lado de fora da minha casa ou algo do gênero. Vou prestar atenção de agora em diante. Para onde estamos indo?

A rápida mudança de assunto me assustou, mas rapidamente me recuperei.

— De volta à minha casa.

— Eu já deveria saber disso — Raven murmurou. Suas palavras estavam um pouco acima de um sussurro, e não tinha certeza se ela queria que eu as ouvisse. Não me dei ao trabalho de responder, mas dei outra olhada para ela. Ela voltou sua atenção para a janela, preferindo se concentrar na paisagem externa em vez da tensão crescente no carro.

Sua pergunta de momentos atrás ainda estava na minha mente. Por que me importava? Isso levaria mais tempo para ser dissecado do que estava disposto a gastar no momento. Apesar disso, ainda era uma pergunta válida.

Mesmo quando tentei afastar os pensamentos, ainda me vi procurando uma explicação para tudo isso que fosse além da necessidade de me vingar. Porque vingança não significava navegar pelo site de uma joalheria famosa e gastar milhares de dólares sem pensar duas vezes. Havia essa necessidade de possuí-la de todas as formas possíveis, e presumi que a joia que tinha comprado para ela era uma extensão disso.

Sim, isso explicaria por que acabei de gastar muito dinheiro em um presente para ela. Talvez devesse considerá-lo um presente que ela poderia penhorar e que ajudaria a enxugar suas lágrimas quando terminasse com ela.

JOGO *Ardiloso*

CAPÍTULO 19
RAVEN

— Como foi o jogo?

— Desde quando você se interessa pelos meus jogos de futebol?

Revirei os olhos.

— Sempre me interessei pelo seu desempenho em diferentes áreas da sua vida, inclusive no futebol, porque você adorava...

— Você costumava se interessar.

É claro que ele tinha que falar isso. Eu já estava de volta a Brentson há semanas e ele ainda estava fazendo alusão aos meus dois anos fora. Por outro lado, talvez fosse justo, já que ele ainda não tinha conseguido atingir o equivalente a dois anos de agressões verbais.

O que ele não sabia era que já havia me martirizado o suficiente por nós dois nos últimos dois anos. Eu quis voltar várias vezes, mas não o fiz porque estava com medo e não tinha nada que me motivasse a voltar. As únicas pessoas que estavam aqui com as quais me importava eram Izzy, que me visitava ocasionalmente, e Nash, que eu imaginava ter seguido em frente de alguma forma. Mas, claramente, ele não tinha.

Nash e eu chegamos de volta à casa dele de uma maneira diferente de quando eu tinha vindo anteriormente. Em vez de sentir pavor, sabia o que estava por vir e tinha feito o suficiente para me preparar. Eu esperava que sim.

Depois que Nash abriu a porta de seu apartamento, ele jogou as chaves na mesinha perto da porta e, em um piscar de olhos, já estava em cima de mim. Ele me empurrou contra a porta da frente, pegou o polegar e o passou nos meus lábios, borrando o brilho labial colorido que tinha colocado antes de sair para encontrá-lo.

Seu toque deixou meu rosto em chamas. Minhas bochechas ficavam mais quentes quanto mais ele me olhava. O olhar em seu rosto se tornou animalesco enquanto ele seguia o rastro deixado pelo meu brilho labial. Isso durou apenas um momento, porque então seus lábios estavam nos meus.

Suas mãos seguraram minhas bochechas, prendendo meus lábios aos dele. O beijo foi tudo menos doce. As lembranças da suavidade com que ele costumava me beijar desapareceram e, em seu lugar, estava a natureza perversa que ele havia adotado. Era como se o fato de me ver assim tivesse acionado um interruptor dentro dele, porque nada na viagem até aqui me deu qualquer indicação de que as coisas seriam assim.

Levei um segundo para acompanhar sua intensidade, mas quando consegui, ele gemeu contra meus lábios. O som me seduziu ainda mais e agarrei sua camisa para trazê-lo para mais perto de mim.

Nossos beijos continuaram enquanto nossas línguas lutavam para ver quem seria o vencedor. Senti as pontas de seus dedos saírem do meu rosto e descerem até o meu casaco preto. Ele agarrou meus seios e rosnou. Ele interrompeu o beijo e deu um passo para trás antes de puxar a roupa por cima da minha cabeça.

— Você não perde tempo, não é?

— Estive pensando neste momento o dia todo. Parece que estou esperando há uma eternidade.

Nash aproveitou a oportunidade para tirar minha camiseta também. Eu tinha me certificado de colocar um sutiã preto rendado e uma calcinha fio dental combinando antes de vir para cá por causa da confiança que isso me dava. Parecia que ele também tinha gostado da última vez que usei renda perto dele.

Ele me estudou, memorizando cada curva, e então disse:

— Não adianta mentir. Nós dois sabemos o quanto você queria isso, desde quando estávamos no ensino médio. As poucas vezes que transamos não foram suficientes e você sabe disso.

Suas palavras causaram um arrepio em minha espinha.

— Eu nunca deveria ter ido embora daquele jeito depois do ensino médio.

Ele não conseguiu esconder sua reação às minhas palavras por trás da fachada que havia construído. A forma como sua cabeça se inclinou em minha direção, o estreitamento de seus olhos, seus lábios pressionados.

— Vejo que você continua mentindo para si mesma. Criar maus hábitos não é uma coisa boa.

— Ouça...

— Embora discutir com você seja excitante, a única coisa que quero ouvir saindo de seus lábios são seus gemidos ou o som de você gritando o meu nome repetidamente.

Seu tom era de zombaria, mas o olhar em seus olhos não era. Suas palavras cumpriram seu papel, porque o que quer que estivesse pensando em dizer já havia desaparecido há muito tempo.

JOGO *Ardiloso*

Nash se inclinou para frente e me beijou novamente, com o mesmo vigor de antes. Dessa vez, o moletom não impediu que ele agarrasse meus seios através do sutiã. Seus lábios deixaram os meus e desceram pelo meu pescoço e pelo meu peito. Embora achasse que ele fosse concentrar sua atenção em meus seios, ele deixou um beijo sensual em cada um antes de descer pelo meu corpo.

Acabou ajoelhado na minha frente, beijando-me logo acima do cós da minha calça jeans. Nash lentamente desabotoou e abriu o zíper da minha calça e a empurrou para baixo das minhas pernas, permitindo que eu saísse dela.

Ele parecia estar pensando em me atacar de onde estava ajoelhado diante de mim, mas rapidamente se levantou e me pegou no colo. Eu gritei com o choque e logo ele me sentou na ilha da cozinha. Quando esperava que minha bunda nua batesse no balcão, isso não aconteceu porque ele havia colocado uma toalha de banho sobre ele. Alguém estava se preparando para isso.

Eu observei quando ele se aproximou de uma garrafa de champanhe que estava esfriando em um elegante balde de gelo prateado.

— Achei que você fosse mais do tipo que gosta de cerveja.

— Há muitas coisas que você não sabe sobre mim, Goodwin. Agora tire o sutiã e deite-se no balcão. As coisas podem ficar bagunçadas.

A agitação em meu estômago me disse que queria que as coisas ficassem bagunçadas de mais maneiras do que ele poderia estar se referindo. Fiz o que ele pediu e me deitei de costas. Minha mão roçou a renda da calcinha, lembrando-me de que não havia tirado a roupa íntima.

— E sobre...

— O que eu disse?

Sua voz me calou. Quando comecei a me sentir constrangida, ouvi a rolha estourar e dei um pulo com o som repentino na sala silenciosa. Ele se aproximou de mim e passou um dedo pelo meu torso. Eu estava a ponto de implorar para que ele fizesse mais, mas a advertência de antes ainda estava fresca na minha mente, e ele falou primeiro.

— Meu próprio bufê. Quem poderia imaginar?

Eu esperava que suas palavras fossem estar cheias de sarcasmo, mas encontrei luxúria. Virei a cabeça para poder observá-lo enquanto ele tomava um gole da garrafa de champanhe antes de derramar um pouco entre meus seios. O frio do líquido fez surgir arrepios em minha pele, mas o frescor durou pouco. Sua boca rapidamente o seguiu e ele lambeu até a última gota. Mas essa aventura não terminou aí. Ele sorriu para mim antes de continuar seu passeio pelo meu corpo até o meu seio. Ele permitiu que um pouco do líquido caísse em meu mamilo antes que sua boca se juntasse à festa, fazendo-o virar um pico rígido.

Quando gemi, ouvi sua risada contra meu seio.

— Isso não é engraçado.

Nash bateu em meu seio, não o suficiente para me machucar, mas o suficiente para me deixar em silêncio. Ele beijou o local atingido.

— Hmm... você gostou disso, não gostou? — Ele não esperou que respondesse à sua pergunta. — É bom saber.

Ele se demorou lambendo o champanhe dos meus seios antes de colocar o champanhe perto da minha cabeça.

—Tome um pouco. Estou prestes a beber outra coisa.

Apoiei-me nos cotovelos e peguei a garrafa de champanhe enquanto ele tirava a camiseta e caminhava para a outra extremidade do balcão. Ele se despiu completamente enquanto eu bebia da garrafa e depois puxou minhas pernas para a frente. Quando ele se abaixou, teve acesso direto à minha boceta. Tomei um último gole da garrafa enquanto ele passava dois dedos nos lábios da minha boceta. Sabendo que não havia como segurar a garrafa sem que ela se espatifasse no balcão ou no chão, coloquei-a a um braço de distância, na esperança de evitar um acidente. Observei enquanto ele tirava minha calcinha e seus olhos se encontraram com os meus no meio das minhas pernas. Seu olhar me abalou profundamente.

Nash se inclinou para frente e lambeu minha boceta. Minha cabeça caiu imediatamente para trás e suspirei, satisfeita com o toque dele em meu corpo. Outro gemido saiu de meus lábios. Parte de mim estava irritada por estar lhe dando o que ele queria, mas ele também estava me dando o que queria. O que precisava.

Eu não conseguia me concentrar em nada enquanto sua boca estava em mim. Eu podia senti-lo alternando entre lamber e chupar. A pressão dentro de mim estava aumentando, e o sorriso em seu rosto me dizia que ele sabia o que estava fazendo comigo. Mas então ele parou. Ele se levantou, com o sorriso ainda firme no lugar.

— Você só vai gozar quando eu quiser que você goze.

Ele usou os dedos para correr para cima e para baixo em meus lábios novamente, tomando seu tempo e me observando me contorcer.

— Se você não fizer....

JOGO *Ardiloso*

101

— Se eu não fizer o quê, Goodwin?

O fato de ele ter dito meu sobrenome de uma forma que gritava o quanto ele me desprezava foi como ser borrifada com água fria. Não o suficiente para me tirar do momento que estávamos vivendo, mas foi um sinal de alerta.

Então ele enfiou um dedo dentro de mim, distraindo-me do que acabara de acontecer.

— Você é tão apertada... porra.

— Oh, meu...

Outra onda de prazer encheu meu corpo e gemi alto. Eu me movi para poder me sentar e, embora tenha demorado mais do que o normal por causa do fato de ele estar me penetrando, valeu a pena. Pude olhar para os olhos azuis que conhecia tão bem, agora escurecidos pelo desejo. O desejo de beijá-lo novamente estava lá, mas me abstive porque isso poderia irritá-lo.

Quando ele colocou outro dedo em minha boceta, a intensidade começou a aumentar dentro de mim novamente. Gemi, preocupada com a possibilidade de ele interromper seus movimentos. Eu estava meio que esperando que ele parasse, pois isso havia se tornado parte do jogo que jogávamos. Quando ele não parou e senti que estava me aproximando do clímax, poderia ter chorado. Eu me agarrei à sua mão, sem me envergonhar do que ele estava fazendo com que meu corpo vibrasse.

— Quero que você goze para mim e depois vou foder essa bocetinha apertada.

Isso provocou uma reação em cadeia. Gritei seu nome em voz alta enquanto gozava com força. Ele tirou os dedos de dentro de mim e lambeu cada um deles.

— Saia do balcão e vire-se de modo que sua bunda fique de frente para mim. E abra suas pernas.

Fiz o que ele disse e olhei para Nash. Ele estava ocupado abrindo um preservativo. Eu me virei e os pelos do meu corpo estavam em pé de tão arrepiada que estava. Nash se aproximou por trás de mim e puxou meu rabo de cavalo. Ele sussurrou em meu ouvido:

— Assim que enfiar meu pau, é só isso. Você é minha até que eu diga que não é mais. Você sabe o que mais vai acontecer?

Balancei a cabeça rapidamente em um esforço para diminuir o tempo que levaria para ele acabar com meu sofrimento.

— Vou foder você com tanta força que todos neste prédio saberão meu nome.

Ele me empurrou para frente de modo que me apoiasse na bancada, forçando minha bunda a ficar um pouco mais empinada. Nash passou seu pau pela minha boceta antes de entrar em mim. Ele não estava brincando quando disse aquilo. Ele o retirou todo antes de enfiar seu pau de volta em mim tão rápido que gritei. A sensação era tão boa e me perguntava como havia passado dois anos sem isso.

Porque você foi embora sem deixar rastros, Raven.

Mas alguém sabia onde eu estava porque me arrastaram de volta para cá.

Qualquer pensamento sobre qualquer outra pessoa desapareceu rapidamente quando Nash me penetrou novamente, estabelecendo um ritmo que não tinha certeza se meu corpo conseguiria acompanhar. Mas, rapidamente, meu corpo começou a responder naturalmente a cada uma de suas investidas.

— Nash. Oh, meu.... Nash. — Ele estava certo novamente. Seu nome se tornou um mantra, mas dessa vez ele não riu nem tentou zombar de mim. Estava convencida de que ele estava muito ocupado tentando me foder até a morte.

— Porra... — As palavras de Nash se arrastaram, e me perguntei se ele disse a palavra involuntariamente.

— Eu vou gozar de novo.

— Ótimo — disse Nash. Sua mão foi até minha frente e encontrou meu clitóris. E isso foi todo o incentivo que meu corpo precisava.

Meu orgasmo veio com força e me levou a um estado de euforia que nunca havia experimentado antes. Nash murmurou atrás de mim e me penetrou até que se juntou a mim em um êxtase orgástico.

Ficamos os dois respirando com dificuldade, e usei a bancada para apoiar meu peso, pois não acreditava que minhas pernas pudessem me manter em pé. Se foder com ódio fosse sempre tão incrível, ele poderia me odiar pelo resto de nossas vidas.

CAPÍTULO 20
RAVEN

— Raven? — A voz de Izzy veio da porta da frente e entrou na sala de estar.

Levantei os olhos do programa de televisão que estava assistindo. Tinha acabado de fazer a lição de casa e estava relaxando no sofá. O dia de hoje tinha sido melhor e estava conseguindo me concentrar mais facilmente do que o normal.

— Sim?

— Você tem correspondência.

Uma rápida olhada no meu celular me mostrou que eram sete da noite. Será que a pessoa do correio realmente tinha chegado tão tarde? Levantei-me e me alonguei. Quando comecei a me dirigir à porta, disse:

— Que estranho. Achei que a correspondência tinha sido entregue hoje cedo.

— Não tenho certeza. Esta é a primeira vez que paro em casa desde esta manhã.

Ela me entregou um envelope e fiquei olhando para a frente dele. Tudo o que havia nele era o meu nome. Nenhum endereço de retorno ou selo. Não havia sido entregue pelo correio, o que significava que alguém o havia deixado em minha porta.

Todos os pelos do meu corpo ficaram em alerta. Quase espelhava a carta que estava em meu quarto e que me trouxe até aqui.

Abri o envelope rápido demais. Izzy provavelmente pensou que havia algo errado comigo, mas não me importei.

> *Tenha cuidado com quem você se envolve. Você não quer acabar como a sua mãe.*

Soube imediatamente de quem se tratava, reconheci a caligrafia. Essa carta era mais curta do que a que havia recebido, pedindo-me para ir a Brentson, mas ainda era do mesmo remetente.

— O que há de errado?

Tentei ao máximo fazer com que minha expressão voltasse ao normal. Eu não mentia bem nas poucas vezes em que joguei pôquer, então sabia que provavelmente seria um fracasso de minha parte.

Izzy deu um passo em minha direção e colocou a mão em meu ombro.

— O que aconteceu?

Entreguei-lhe o pedaço de papel e me afastei. Meus pés me levaram ao meu quarto e logo me vi puxando uma das malas do armário. Pude ouvir os passos de Izzy se juntando rapidamente a mim no quarto, mas ela não disse nada enquanto eu puxava a mala e a jogava na cama bem arrumada.

Foi fácil para mim encontrar a carta porque era a única coisa que ainda estava na mala. Entreguei a carta à Izzy para que ela também pudesse lê-la.

> *R.,*
>
> *Chegou a hora. Se você quiser saber o que aconteceu com a sua mãe, volte para Brentson. Você receberá mais instruções em breve.*

Essa carta também não estava assinada.

Quando Izzy não disse nada depois de ler a carta em voz alta, eu disse:

— Presumi que as instruções que viriam em breve se referiam à carta de aceitação que recebi um dia depois de Brentson. Essa carta deve ser da mesma pessoa.

— Ou pessoas.

A sugestão de Izzy de que poderia ser mais de uma pessoa nunca me ocorreu. Faria mais sentido, já que as duas cartas foram entregues pessoalmente e não pelo correio. Mas quem?

A única pessoa com quem me envolvia fisicamente era Nash. Também poderia estar se referindo as minhas colegas de quarto, mas quais eram as chances de isso acontecer? Eu não podia exatamente parar de vê-lo porque ele guardava um segredo que não queria que fosse revelado.

Senti meu estômago se revirar ao perceber a realidade da minha situação. Ir às autoridades não adiantaria nada, porque tudo o que tinha eram algumas cartas que poderiam ser uma brincadeira de mau gosto que alguém estava fazendo, e o jogo com Nash era, na melhor das hipóteses, "ele disse, ela disse". Como não sabia de quem eles estavam falando, decidi continuar

JOGO *Ardiloso*

jogando esse jogo com Nash por enquanto. Até que tivesse mais clareza, não tinha outra escolha.

Alguns dias depois, olhava para o meu livro aberto, sem absorver nenhuma das palavras das páginas que deveria estar lendo. Não conseguia me concentrar, por mais que tentasse. Nem mesmo minha medicação havia ajudado hoje.

— O que está acontecendo?

As palavras de Izzy cortaram a névoa em que meu cérebro estava e me virei para olhá-la. Ela, Lila e eu tínhamos decidido fazer a lição de casa juntas na sala de estar. Enquanto elas pareciam estar fazendo bastante coisa, eu, por outro lado, estava quase sempre olhando para o espaço, perdida em um devaneio. Ou seria um pesadelo?

— Provavelmente tem algo a ver com um certo jogador de futebol que esta cidade adora.

O sorriso de Lila se aprofundou quando minha cabeça se voltou para ela.

— Parece que eu estava certa — disse em uma voz cantante.

— De onde você tirou isso? — Não me dei ao trabalho de confirmar ou negar sua afirmação.

— As pessoas falam.

— Vou precisar que você me dê mais do que isso. — Olhei para Izzy e a encontrei olhando para Lila. Parecia que ela estava no escuro tanto quanto eu.

— Os Bears de Brentson ganharam um jogo de futebol americano há um mês. Normalmente, quando eles ganham, há uma tonelada de festas pelo campus. Sério, não é difícil encontrar uma festa e os jogadores de futebol visitam várias delas para comemorar com todo mundo. Nash passou em uma festa por um curto período de tempo antes de anunciar que tinha outros planos. Isso fez com que as pessoas comentassem já que ele nunca fez isso.

— O que não estou entendendo é como eu estou, de alguma forma, envolvida nisso.

— Você é a única garota com quem ele foi visto recentemente. Isso também é algo novo.

— Mas eu não tenho estado perto dele... — Minha voz se arrastou enquanto tentava pensar. Estávamos fazendo o possível para manter o que quer que fosse em segredo. Encontrando-nos à noite e sempre verificando se havia mais alguém por perto. Tentei pensar em quem poderia ter nos visto e, quando me dei conta, precisei de tudo o que havia dentro de mim para manter a cara séria. Lembrei-me do utilitário esportivo que Nash disse ter encontrado perto da minha casa. Será que alguém estava me espionando e depois começou um boato sobre Nash e eu? A ideia parecia extrema demais, mas não sabia mais o que pensar.

Observei enquanto Izzy ligava os pontos, assim como eu fizera há alguns dias, quando recebi a segunda carta. Discretamente, bati em sua mão por baixo da mesa para que ela não dissesse nada a Lila. Optei por voltar a me concentrar na conversa em andamento para tentar não levantar suspeitas.

A outra parte da declaração de Lila que achei intrigante foi o fato de as pessoas pensarem que eu estava com Nash novamente e sua mudança de hábitos. Eu não podia perguntar sobre o utilitário esportivo nem falar sobre o que estava pensando, porque parecia exagerado demais para ser dito em voz alta, então optei pela segunda melhor opção.

— Ele tinha uma fila de mulheres entrando e saindo de sua casa?

Lila assentiu com a cabeça e Izzy se juntou a ela. Havia tanta coisa que não sabia sobre Nash nos anos em que passamos separados, e era interessante aprender mais sobre ele agora. Parte de mim se sentiu desanimada com a confirmação dessa suspeita, mas não tinha o direito de ficar assim. Não me surpreendeu o fato de ele ter feito isso.

O fato de Nash ter mudado sua rotina desde que cheguei aqui foi mais interessante. Isso também confirmou o que pensava depois de tomar banho na casa dele na noite do jogo de futebol. Ele me mandou uma mensagem depois do jogo, em vez de sair com seus colegas de equipe ou com outra mulher. Ele ainda me odiava ou, pelo menos, agia como se odiasse. Agora me perguntava se isso também era uma mentira.

Quando meu celular vibrou contra a mesa, sabia quem era sem olhar. Era como se o fato de falarmos sobre ele o tivesse chamado das profundezas do inferno. Fiquei em dúvida se queria dar uma olhada na mensagem. Aparentemente, era masoquista, pois peguei meu celular da mesa e li o texto.

Nash: Venha à minha casa em uma hora.

— Fique de joelhos.
Cruzei os braços sobre o peito.
— Você poderia dizer por favor.
— Não há graça nenhuma nisso.
— Quem disse que isso era divertido?
— O que lhe disse sobre mentir?
Mordi o canto do lábio para não sorrir, mas não movi meu corpo para obedecer à sua ordem.
— Diga por favor.
Seus olhos ficaram escuros, e sabia o que isso significava. Observei quando sua mão saiu do seu lado e foi para a minha nuca. Ele colocou a mão em volta do meu rabo de cavalo e puxou para trás, inclinando minha cabeça para cima e me forçando a olhar em seus olhos.
— Fique. De. Joelhos.
Seu tom dessa vez foi muito diferente do anterior. Isso eram só negócios, para mostrar quem estava no controle aqui. Isso fez meu corpo vibrar. Ele afrouxou o aperto em meu cabelo e, dessa vez, segui suas instruções e lentamente me ajoelhei em seu piso acarpetado.
O que estava me tornando? Quem era essa pessoa?
Estávamos chegando ao final do semestre e não conseguia contar com as duas mãos quantas vezes nos vimos nas últimas semanas. Parecia que tinha visto o quarto dele quase a mesma quantidade de vezes que tinha visto o meu. O sexo tinha sido fantástico, sem fim à vista, o que me animava e me preocupava.
Ter um ótimo sexo não era um problema para mim, mesmo que viesse de um cara que não me suportava. Talvez, para quem estivesse olhando de fora, eu devesse ter padrões mais elevados, mas sabia o que era isso e não esperava outra coisa. O que não gostava era de não ter uma data de validade, e planejava perguntar a ele hoje à noite... depois disso.
Inclinei-me para a frente e abaixei o moletom cinza que teria jurado que ele havia usado para meu benefício. Seu pau surgiu e, antes que qualquer um de nós pudesse emitir um som, eu o segurei com a mão.

Minha primeira ação foi lamber a cabeça de seu pau. Olhei para cima e vi Nash me observando com uma intensidade que me assustou e fez minha boceta se contrair. Fiquei tão fascinada com a reação que meu corpo estava tendo ao brincar com seu pau que parei de me mexer.

Quando seus olhos se abriram, vi algo mais neles, algo longe do ódio que eu estava acostumada a ver. O que brilhava neles era puro êxtase. O fato de tê-lo levado até ali era... libertador.

Mas o olhar durou apenas um segundo. O ódio que ele sentia por mim encheu seus olhos novamente, e então ele disse:

— Eu lhe disse que você poderia parar?

— Não.

Ele ergueu uma das sobrancelhas, desafiando-me a continuar. Eu o agarrei novamente e o tomei em minha boca. Meus olhos encontraram os dele novamente, mas dessa vez não parei. A excitação pulsou em mim enquanto observava sua cabeça cair para trás e sua mão se enfiar em meu cabelo, mais do que provavelmente bagunçando meu rabo de cavalo. Depois que me acostumei a absorver seu comprimento, ele testou seus limites, empurrando cada vez mais para dentro da minha boca.

Engasguei uma vez com a intensidade e ele recuou. Para ser sincera, fiquei surpresa por ele ter tomado tanto cuidado para não ir longe demais.

— Oh, porra, passarinho.

Dessa vez, o apelido não soou como uma sentença de morte. Ouvi-lo sair de seus lábios enquanto ele estava nesse estado serviu apenas como incentivo. Chupei seu pau com entusiasmo até ele assumir o controle e foder a minha boca. Agarrei suas coxas para me manter firme porque, no ritmo em que ele estava, eu teria caído.

Suas estocadas se tornaram descontroladas em vez de medidas, o que me dizia que ele estava chegando perto. Quando ele parou de se mover repentinamente, me preparei para sua liberação. Olhei para ele pouco antes dele gozar e o encontrei com os olhos fechados, aproveitando cada segundo.

Nash gozou com um gemido alto e não pude deixar de me perguntar se ele se transformaria em um rugido.

Engoli cada gota e me sentei sobre os calcanhares enquanto ele dava um passo para trás. Com base no que observei, tinha dúvidas se ele conseguiria andar direito depois disso. Desviei meu corpo para ficar de pé e fui pegar uma toalha de rosto que Nash havia colocado em sua mesa de cabeceira quando entrei em seu quarto. Mais uma vez, ele estava sempre preparado ou pensando dois passos à frente de todo mundo.

Eu me limpei enquanto Nash puxava o moleton para cima. Era a primeira vez que ele mostrava sinais de estar presente desde o boquete.

Limpei minha garganta e perguntei:

— Quando isso tudo vai acabar?

Ele pareceu surpreso com minha pergunta.

— Hã?

Talvez eu não devesse ter perguntado depois de ter causado um curto-circuito em seu cérebro.

— Quando tudo isso vai acabar? Estou cumprindo minhas obrigações como combinamos.

— Termina quando eu disser que termina.

Balancei a cabeça para trás com surpresa.

— Isso não é bom o suficiente para mim.

— Nada disso tem a ver com você, Goodwin.

A dureza de suas palavras me atingiu como um tijolo. Era óbvio que não tinha feito um bom trabalho ao me preparar para uma resposta negativa à minha pergunta, quando deveria saber.

Meus sentimentos estavam estampados em meu rosto. Não havia como disfarçar nenhuma das minhas emoções para ele, dado o nível de choque que estava sentindo no momento.

Levei um segundo para me livrar da surpresa antes de dizer:

— Olhe, Nash, isso não é...

Eu soube quando a ideia surgiu em sua mente porque seus olhos se iluminaram.

— Você vai participar de um evento na casa dos meus pais comigo na próxima semana, e terei uma data final para você até lá.

Enrolei os braços em volta de mim e me virei para caminhar em direção à janela. Esse apartamento não ficava em um arranha-céu no centro da cidade de Nova Iorque, mas ainda assim tinha uma bela vista.

— Eu posso opinar sobre isso?

— Não.

Eu não tinha muita escolha, mas não ia cair sem lutar.

— Então não. Não vou a lugar nenhum com você.

— Goodwin, isso não foi uma pergunta. Você vai participar da festa na casa dos meus pais.

— Não, não vou. Não é uma boa ideia ficar perto de seus pais — disse.

— E por que isso?

— Você sabe o motivo e não é preciso repetir.

Ele cerrou e soltou o punho. A felicidade que ele sentiu com o boquete parecia estar desaparecendo rapidamente a cada segundo, mas isso não era surpreendente, dado o assunto que estávamos discutindo.

— Acho que levá-la aos meus pais é a melhor ideia que tive o dia todo. Vou lhe enviar o local e outras instruções em breve.

Suas palavras me fizeram virar e olhar para ele com a boca ligeiramente aberta.

— Você pode repetir isso?

Nash olhou para mim de forma estranha antes de repetir o que disse. Seu modo de falar era um pouco estranho para mim e me fez pensar imediatamente nas duas cartas entregues em mãos que havia recebido.

Será que era ele quem estava me enviando aqueles bilhetes? Ele havia me forçado a voltar para Brentson?

Essa percepção me atingiu rápido o suficiente para me fazer engolir com força. Antes que minha cabeça pudesse entender o que estava acontecendo, fugi do quarto, na esperança de colocar alguma distância entre mim e ele. Corri para o banheiro e fechei a porta atrás de mim, certificando-me de trancá-la para manter Nash do lado de fora. Ou, pelo menos, tentar mantê-lo fora.

Abri a torneira e borrifei um pouco de água no rosto para me refrescar. Enquanto o secava com uma toalha de mão, bateram na porta do banheiro.

Fiquei olhando para a porta, imaginando se, se eu não atendesse, ele arrancaria a porta de suas dobradiças. Dei um leve pulo quando o ouvi bater novamente. Dessa vez, o som foi mais forte, fazendo a porta vibrar. Ele estava se certificando de que o ouviria dessa vez ou estava perdendo a paciência com a situação atual. Ou ambos.

Dei uma olhada na maçaneta mais uma vez antes de destrancar a porta. Se ele quisesse entrar aqui, poderia abrir a maldita porta sozinho. Não fiquei surpresa quando ele não teve nenhum problema em se deixar entrar.

— O que aconteceu? — Quase parecia que ele se importava com isso.

Respirei fundo e disse:

— Nada. Eu precisava de um tempo para mim.

Eu queria dizer a ele que entrei em pânico e estava surtando com a exigência dele e que alguém estava me forçando a ficar em Brentson sob o pretexto de me contar o que aconteceu com minha mãe.

Quando tentei contornar Nash, ele agarrou meu braço, puxando-me para perto dele.

JOGO *Ardiloso*

111

— Você chegará ao meu apartamento no horário que eu disser no próximo fim de semana, a menos que queira que conte a toda a cidade o que você fez.

Arranquei meu braço de seu aperto e o encarei. Ele ainda era o mesmo babaca que havia se tornado depois que se formou no ensino médio. Por mais que desejasse estar errada, sabia que não podia confiar nele.

CAPÍTULO 21
NASH

— Isso é um pouco demais, não acha?

Levantei os olhos do celular e vi Raven saindo do banheiro para ficar na minha frente. Ela estava com o vestido que escolhi para ela usar esta noite.

Contive o que eu realmente queria dizer enquanto observava como o vestido abraçava suas curvas. Em vez disso, olhei para o meu celular e disse:

— Não é. É perfeito para o evento de hoje à noite.

— Sr. Henson? — Olhei para cima novamente e me virei para ver quem estava segurando parte do tecido atrás de Raven. — Vou ter que fazer alguns pequenos ajustes, mas vou tê-lo aqui uma hora antes do horário em que o senhor planeja sair.

Assenti e dei um pequeno sorriso para a mulher. Raven olhou para mim antes de se virar e voltar para o banheiro.

Pedir à Raven para ir a um jantar na casa dos meus pais não estava nos planos quando pensei inicialmente na minha vingança contra ela, mas aqui estávamos. Eles estavam dando uma festa para alguns "familiares e amigos próximos" enquanto corriam rumores de que ele estava pensando em se candidatar a governador. Para ser sincero, acho que era apenas uma desculpa para dar uma festa, mas não poderia culpá-los por isso.

A costureira saiu com o vestido na mão, e Raven e eu logo ficamos sozinhos novamente. Ela se jogou em uma cadeira no canto da sala e pegou o celular. Se ela pretendia me ignorar por enquanto, que assim fosse, mas ela não poderia me ignorar por muito tempo. Eu a deixaria esperar um pouco, mas logo a única atenção que ela iria querer, a única atenção que ela desejaria, seria minha.

Minha televisão tocava ao fundo, e nenhum de nós disse uma palavra. Sem pensar, assisti ao programa que estava passando e, pelo canto do olho, a vi colocar o celular no chão e começar a assistir também. Tínhamos assistido a uns quatro programas quando bateram na porta.

— Será que já é o vestido? Ela terminou de fazer os ajustes muito rápido.

Fiquei surpreso com o fato de Raven ter dito alguma coisa. Em vez de responder a ela, fui até a porta e a abri. Duas mulheres entraram com um sorriso enorme no rosto.

— Sr. Henson, estamos aqui para fazer a maquiagem e o cabelo de Raven.

Acho que nunca me chamaram tanto de Sr. Henson em toda a minha vida. Dei um sorriso caloroso para cada mulher e disse:

— Venham por aqui.

Quando me virei, encontrei Raven com a boca aberta. Ela se recuperou rapidamente e se voltou para mim com um olhar penetrante. Não era surpresa para ninguém que ela ainda estivesse irritada comigo, mesmo quando contratei quase um exército de pessoas para fazer isso acontecer esta noite.

Fui até ela enquanto as mulheres montavam seus equipamentos.

— Você pode me agradecer depois.

Não dei a ela a oportunidade de responder antes de sair da sala. De jeito nenhum iria lhe contar meus planos antes de fazê-los. Ela teria discutido comigo e, embora gostasse de brigar com ela, agora não era o momento nem o lugar. Fiquei pensando se valia a pena ligar a televisão no meu quarto ou encontrar outra coisa para fazer antes de começar a me arrumar quando meu celular tocou.

Com um suspiro, atendi o celular porque sabia que, se não o fizesse, ele continuaria ligando.

— Sim, pai?

— Sua mãe disse que você vai levar uma acompanhante para a festa?

Isso exigia uma ligação? Ele nos veria em algumas horas, a expressão em seu rosto seria perfeita, e eu mal podia esperar.

— É verdade.

— Excelente. Teremos de tirar fotos. Quero algo que acabe chamando a atenção de todo o estado. Pode acabar virando notícia nacional.

— Sempre há uma chance de isso acontecer, já que muitas coisas se tornam virais hoje em dia. — disse isso como se não estivesse nem aí para nada, quando, na verdade, minha mente estava pensando em como essa noite poderia ser.

— Ok, vou deixar você terminar de se arrumar. Vejo você em breve.

— Até logo.

Eu desliguei o celular com uma nova determinação para preparar o cenário para os fogos de artifício que certamente explodiriam esta noite.

— Você poderia ter escolhido algo que mostrasse um pouco menos de decote.

A voz de Raven soou quando entrei na sala de estar e a vi toda vestida pela primeira vez. Não pude deixar de olhar para ela. A última vez que a vi em algo assim foi em nosso baile de formatura. Então me virei para olhá-la e concentrei a maior parte da minha atenção em seus seios antes de meus olhos pousarem em seu rosto. Não havia dúvida de que ela era a pessoa mais bonita que já tinha visto, mesmo que não houvesse nenhuma chance de perdoá-la. Ela usava um vestido preto que lhe caía como uma luva, com uma fenda em uma das pernas. Seus cabelos escuros estavam em cachos soltos que ficavam logo abaixo dos ombros. O vestido não tinha mangas, então comprei um casaco preto para ela usar por cima, pois estava frio lá fora.

O canto de meus lábios se contraiu.

— Por quê? O estilista literalmente fez esse vestido para você.

Desviei minha atenção dela e peguei as chaves do carro que havia jogado ao acaso no balcão da cozinha. Como não queria ficar preso na casa dos meus pais sem um plano de fuga para o caso de as coisas darem errado, decidi que iria dirigir até lá esta noite.

Meu comentário a pegou de surpresa, pois seus olhos se arregalaram e sua boca se abriu. Isso é bom. Eu gostava de mantê-la alerta.

— Este não é um vestido feito sob medida.

Dei de ombros e essa foi a única resposta que ela receberia sobre o assunto. Ele foi feito para ela, e eu só havia entrado em contato com o estilista na semana passada para que tudo isso acontecesse.

Tirei uma caixa preta aveludada do bolso e a entreguei a Raven. Ela ergueu uma sobrancelha para mim antes de abri-la. Quando viu o que havia dentro, fechou-a com força.

— Isso é algum tipo de jogo?

— O que está acontecendo entre nós é o meu jogo. — Fiz um gesto entre nós dois. — Mas o que está nessa caixa não é. Vou colocá-lo em você.

Peguei a caixa de sua mão e a abri novamente. Dentro havia um bracelete cheio de diamantes e a corrente era feita de ouro branco. Raven hesitou antes de estender o pulso. Seu braço tremeu levemente quando coloquei o bracelete nela. Se ela estava nervosa agora, com certeza não queria saber quanto aquele bracelete me custou.

Fiquei olhando para a pulseira por mais um segundo, admirando como ela ficava em seu pulso. Balancei a cabeça enquanto a ajudava a vestir o casaco e depois caminhava até a porta da frente. Assim que ela foi aberta, deixei que ela saísse primeiro, e eu a segui. Meus olhos se dirigiram à sua bunda e não pude deixar de observar como seus quadris balançavam ainda mais do que o normal por causa dos saltos que estava usando.

Levei-a até o meu carro, ajudei-a a entrar e depois saí pela rua em direção à casa dos meus pais. A viagem foi quase toda em silêncio, e não mentiria e dizer que não gostei.

Raven mexia nervosamente em seu vestido enquanto eu dirigia até a casa dos meus pais, nos arredores de Brentson. Ficar tão longe permitiu que eles tivessem o máximo de terra possível, garantindo que não tivessem de lidar com vizinhos intrometidos e outras travessuras, como eles se referiam. Felizmente, não era muito longe do público, caso contrário, a minha infância e a da minha irmã teria sido bastante solitária.

Não me surpreendeu descobrir que meus pais haviam contratado um serviço de manobrista para a noite. Assim que estacionei o carro, dois homens de terno abriram as portas do carro para mim e para Raven. Várias outras pessoas estavam ajudando outros convidados a sair de seus carros e tentando garantir que o tráfego continuasse a fluir em um ritmo razoável. Essa era uma das maiores festas que estariam ocorrendo em Brentson nos últimos tempos, e todos estavam alvoroçados com os rumores sobre o futuro político do meu pai. Era também outra maneira de meus pais se gabarem de quanto dinheiro tinham sem realmente dizer quanto dinheiro tinham.

Dei a volta no carro e estendi o braço para que Raven o pegasse antes de conduzi-la pelas escadas até a casa. Ela estava segurando meu braço com toda a força e me arrependi um pouco de tê-la colocado nessa posição. Ela não havia pedido isso, mas eu também não havia pedido que ela fizesse o que fez comigo. Esta noite causaria um show de fogos de artifício e eu teria um lugar na primeira fila.

Eu havia me certificado intencionalmente, de que chegaria tarde. Seria interessante ver quanta reação eu teria, já que havia tantas pessoas ao redor.

Entreguei o casaco dela a um atendente que meus pais haviam contratado para a noite, antes de colocar minha mão nas costas de Raven e guiá-la para a casa de minha infância.

116   BRI BLACKWOOD

— Não mudou muita coisa desde a última vez que estive aqui — disse Raven depois de se inclinar em minha direção. Os saltos lhe deram alguns centímetros a mais, e não pude deixar de imaginar como isso mudaria o ângulo em que eu a comeria.

Antes que eu pudesse responder, vi o cabelo grisalho do meu pai no meio da multidão.

— Vamos por aqui, Goodwin.

Ela apertou meu braço com uma força desnecessária, fazendo-me ver o quanto não gostava que a chamasse pelo sobrenome.

Ajudei a guiar Raven em meio à multidão e vi meu pai ao lado de minha mãe e minha irmã, que tinha sido tão gentil em nos agraciar com sua presença. Presumi que eles a tivessem subornado para estar aqui com um sorriso no rosto.

Minha mãe me viu primeiro. Ela sorriu para mim, e então seu olhar alcançou Raven. Seus olhos se arregalaram a ponto de eu achar que poderiam saltar de sua cabeça. Isso chamou a atenção de meu pai e minha irmã, que tiveram reações muito diferentes à presença de Raven aqui.

Bianca, minha irmã, ficou mais chocada do que qualquer outra coisa, mas logo seus lábios se abriram em um sorriso. Como previsto, meu pai teve a reação oposta. Seu rosto estava ficando vermelho de raiva, e eu adorava cada segundo. Ele estava se esforçando ao máximo para manter o exterior político calmo que normalmente mantinha em público. Chegamos até eles antes que ele tivesse a chance de se aproximar de mim.

— Nash, posso falar com você em particular?

Estava cada vez mais difícil conter meu sorriso.

— Não, porque você não gostaria de deixar seus convidados agora, não é?

Isso nos deixou em um impasse, e eu podia sentir Raven se agarrando a mim ainda mais. Podia entender por que ela estava nervosa. No fundo, sabia que trazê-la aqui era um erro, mas tinha que superá-lo quando tivesse a oportunidade.

Ficou claro pela mudança em seus olhos que ele queria explodir, mas não podia, e eu não pude deixar de ficar em êxtase.

— Como você ousa trazê-la?

— Veja como você se refere a ela...

— Prefeito Henson?

Todos nós nos viramos e encontramos um funcionário segurando um microfone para o meu pai.

JOGO *Ardiloso*

117

— Está na hora de você fazer o seu discurso.

Van Henson nunca esteve em uma situação em que não pudesse encantar alguém, mas não tinha certeza se seus encantos funcionariam com essa multidão hoje à noite se ele não conseguisse se recompor.

— Falaremos sobre isso depois.

Eu não disse nada enquanto ele se afastava com minha mãe atrás dele. Minha irmã me deu um sinal de positivo antes de seguir minha mãe, mas me certifiquei de que Raven e eu ficássemos parados.

Porque não falaríamos sobre isso depois. Diabos, não ia ficar nem para ouvir o discurso dele. Com ele estava quase chegando à área em nossa sala de estar, onde sabia que ele adorava falar quando recebia pessoas aqui, puxei Raven pela mão e a levei em direção às escadas.

Eu não esperava que fôssemos embora tão cedo, mas foi melhor assim. E o melhor ainda estava por vir. Enquanto conduzia Raven pelo corredor até o meu quarto de infância, não pude deixar de pensar que, se os fogos de artifício que havia soltado lá embaixo eram alguma coisa, os que estavam prestes a ocorrer aqui em cima seriam um milhão de vezes mais poderosos.

Senti meu celular vibrar no bolso. Quando o tirei, fui recebido por outra mensagem de texto de um número desconhecido.

Número desconhecido: Bom trabalho. Nem eu teria conseguido fazer algo tão ardiloso.

Quem diabos era essa pessoa?

CAPÍTULO 22
RAVEN

No caminho para a casa dos pais de Nash, estava muito nervosa e não parava de ajustar o vestido que ele havia escolhido para eu usar esta noite. Era demais para mim, o fato de não me sentir completamente confortável em roupas tão elegantes e ainda descobrir que esse vestido foi feito para mim. Passei a mão sobre o veludo preto novamente, apreciando a sensação do tecido entre as pontas dos dedos. Isso serviu para me provar que tudo isso era real, embora parecesse que estava oscilando entre um sonho e um pesadelo.

Eu não sabia o que Nash havia planejado antes de chegarmos aqui e, embora hoje tenha sido uma experiência maravilhosa em termos de mimos para o evento, o drama que ele causou na casa dos pais virou a noite inteira de cabeça para baixo. Não que esperasse outra coisa do Nash que eu conhecia agora, além de desejar o relacionamento que compartilhamos quando estávamos no ensino médio.

Ele colocou a mão em minha lombar pouco antes de me levar para a escada principal da casa de seus pais. Eu já tinha ido à casa dele em várias ocasiões enquanto estávamos juntos. Mas essa foi completamente diferente de qualquer outra vez que estive aqui.

— Para onde estamos indo? — sussurrei enquanto olhava para trás, imaginando se alguém estava me seguindo.

— Estamos indo para o meu quarto.

Engoli em seco.

— Por que isso? Não deveríamos estar indo embora?

— Há algo que eu preciso fazer.

Antes que pudesse fazer mais perguntas, chegamos à porta de seu quarto. Ele a abriu às pressas e, quando hesitei por um segundo, ele pressionou gentilmente minha lombar, forçando-me a entrar no quarto antes de fechar a porta atrás de nós. Nash me contornou e foi até um conjunto de portas que davam para a varanda. Ele abriu as portas com tanta força que achei que poderia arrancá-las de suas dobradiças.

— Vamos lá, passarinho. Vá para fora. — Ele fez um gesto para as portas. O olhar em seus olhos me disse exatamente o que ele tinha em mente.

— Há algo de errado com você? Está muito frio lá fora!

Nash deu uma risada, mas não foi nada amigável.

— Não estou aqui para brincar com você. Faça isso ou vou arrancar esse vestido de você. Costura. Por. Costura.

Minhas pernas seguiram seu comando antes que meu cérebro pudesse digerir o que ele disse. Ele sorriu enquanto passava por ele, mas logo se tornou perverso. Acabei com as duas mãos na grade que protegia todos os que pisavam aqui fora.

Nash me seguiu até o lado de fora e apertou meu corpo contra a grade.

— Vamos botar a casa abaixo.

Não duvidei dele nem por um momento, mas não havia como eu ficar nua aqui. Qualquer um poderia ver, especialmente se tivesse uma câmera ou nos ouvisse.

— Levante a parte de trás de seu vestido.

Eu me arrepiei e não tinha certeza se era por causa da temperatura externa ou de suas palavras. Peguei o tecido do vestido com a mão e o puxei para cima, expondo minha bunda para ele.

— Vermelho dessa vez... minha cor favorita. Abra as suas pernas.

Parecia que pelo menos uma coisa não havia mudado desde que saíra de Brentson. E tinha usado esse conhecimento a meu favor ao escolher o que queria usar sob o vestido desta noite.

Mexi minhas pernas quando ouvi o que parecia ser ele abrindo o zíper da calça. Ele usou a mão para me forçar a me inclinar para frente e senti seu dedo subir e descer pela minha boceta. Eu não queria me inclinar em seu dedo, mas meu corpo não se negaria.

— Você está encharcada e eu ainda não fiz nada. Porra... — Sua voz se arrastou como se estivesse encantado com minha excitação. — A ideia de ser pega te excita, não é?

Acenei com a cabeça, sem me preocupar em negar sua afirmação. Gemi quando seu dedo continuou a brincar comigo e deixei meu vestido cair onde podia.

— Diga-me o que você quer.

Eu não confiava em minha voz para transmitir adequadamente o meu pedido. Estava muito envolvida com as sensações que ele estava causando em meu corpo.

— Passarinho, vou parar o que estou fazendo se você não me disser o que quer.

Eu sabia que ele não tinha problemas em me negar o que eu precisava desesperadamente, então não perdi mais tempo.

— Eu quero que você me foda.

— Há muitas maneiras que posso foder você. Vou precisar que você seja mais específica.

— Quero que você... me foda com os dedos e depois com seu pau. — Eu odiava o que estava dizendo, mas estava ansiosa por seu toque.

— Você é tão gananciosa.

Aparentemente, por qualquer parte dele, eu era.

Eu deveria ter ficado envergonhada por ter minha bunda exposta daquele jeito, mas se isso tornava mais fácil para Nash me foder, não poderia me importar menos. Pude senti-lo puxar minha calcinha fio dental para o lado, e então ele finalmente me deu o que eu queria e enfiou o dedo na minha boceta. Minhas pálpebras se fecharam, aguçando o resto dos meus sentidos enquanto ele aumentava minha excitação.

Esse ângulo era diferente de tudo o que já havia experimentado, e logo os pensamentos sobre se cairia ou não da grade ou se alguém poderia ver ou ouvir o que estávamos fazendo desapareceram. Tudo o que importava era que tinha esse homem, bem aqui, agora, preparado para me foder até a próxima encarnação.

Meus olhos se abriram enquanto me apoiava em sua mão e tentava me aproximar ainda mais dele quando estávamos a apenas um fôlego de distância.

— Você adora como eu fodo a sua doce boceta, não é?

Acenei com a cabeça como uma boneca, esperando que isso o encorajasse a manter o ritmo que estava seguindo.

— Use suas palavras, Goodwin.

A mudança do apelido que ele me deu quando éramos crianças e a mordida que envolvia cada sílaba do meu sobrenome foi como uma chicotada.

— Eu adoro como você... — Não consegui completar minha frase.

— O que você disse?

— Eu adoro como você fode a minha doce boceta.

— E quando você estiver velha e grisalha, ainda vai pensar em como a fodi com tanta força, bem à vista de todos.

As palavras dele foram um abalo no meu humor, mas não tinha tempo para dissecar meus sentimentos. Nash tirou o dedo da minha boceta e, em um piscar de olhos, ouvi a embalagem da camisinha rasgar. Seu pau tomou o lugar do dedo antes dele meter tudo dentro de mim. Eu gritei, sem me importar se alguém que tivesse saído para fazer uma pausa rápida poderia ter me ouvido.

Ele se aproximou por trás de mim e agarrou meu pescoço, prendendo-me no lugar. A pressão que ele estava fazendo em meu pescoço não era suficiente para me sufocar, mas ter sua mão em volta da minha garganta enquanto ele estocava em mim me deixava ainda mais molhada.

Gemi quando ele continuou e estendi a mão atrás de mim para colocá-la em sua perna, incentivando-o a bater em mim com mais força. Congelei no lugar quando ouvi algo abaixo de nós. Meu corpo inteiro se contraiu e Nash gemeu, com seu pau ainda dentro de mim. Foi então que ouvi as vozes suaves de duas mulheres abaixo de nós. Eu não conseguia entender o que elas estavam dizendo, mas era óbvio que não estávamos sozinhos.

— Você está ouvindo aquelas pessoas lá embaixo? — perguntou Nash, diminuindo a velocidade de seus movimentos.

Eu temia dizer as palavras e não conseguir controlar a rapidez com que elas saíam da minha boca.

— Estou ouvindo. Precisamos parar antes que elas...

Ele estocou em mim, me calando. Minhas mãos abafaram o grito que quase saiu quando ele se lançou sobre mim mais uma vez.

E ele não parou.

Minha mão cobriu minha boca enquanto tentava evitar o aperto de Nash em meu pescoço. Rezei silenciosamente para que elas não olhassem para cima e vissem o que estava acontecendo, mas isso não contou com a ajuda de Nash. Ele estava determinado a garantir que todos em Brentson o ouvissem, levando-me ao limite da minha sanidade.

Não havia como as pessoas abaixo de nós não ouvirem o que estava acontecendo logo acima de suas cabeças. Entre os sons de nossos corpos se unindo, minha luta para manter meus gemidos e os grunhidos de Nash, não havia como eles não ouvirem o que estava acontecendo.

Elas demoraram a tomar um pouco de ar fresco enquanto Nash continuava a me foder por trás. Minha mente se desviou das pessoas que estavam do lado de fora e voltou para o êxtase que Nash estava forçando em meu corpo. Outro gemido saiu de meus lábios e, dessa vez, minha mão não fez um bom trabalho para silenciá-lo.

— É isso aí. Você não consegue conter a sensação fantástica que está sentindo. Sua boceta está sufocada pelo meu pau. — Ele pontuou sua afirmação penetrando em mim novamente.

Minha respiração ficou presa na garganta e rezei para que as pessoas abaixo de nós fossem embora. Não havia como eu durar muito mais tempo se ele continuasse nesse ritmo.

Como se tivessem ouvido minhas súplicas, ouvi suas vozes sumirem e, quando não consegui mais ouvi-las, gritei, sem me importar com quem me ouviria. Esperava que ele dissesse alguma coisa inteligente, mas não disse. Eu o ouvi murmurar um palavrão à medida que ele se aproximava do fim.

Ouvir o desespero dele por sua libertação foi o que me levou ao limite e me deixou fora de controle como um carro desgovernado. Não havia como controlar meu corpo enquanto o clímax deslizava por mim. Felizmente, estava imprensada entre Nash e a grade da varanda, caso contrário, tinha certeza de que meu corpo acabaria caindo no chão.

Meu orgasmo não fez nada para desacelerar Nash. Na verdade, isso alimentou seu desespero para chegar ao clímax. Suas investidas se tornaram imprudentes, como se não se cansasse de mim ou da conexão que compartilhávamos. Eu não o culpava, porque o sexo entre nós era viciante pra caramba.

Quando ele se afastou, fiz o possível para arrumar minha roupa enquanto ouvia um farfalhar atrás de mim. Não me virei porque estava muito envergonhada com o que havíamos feito aqui. E pelo quanto havia gostado.

Ouvi Nash se aproximar de mim novamente e estremeci. Ele veio até mim e colocou as mãos em meus ombros.

— Você não mencionou nenhuma vez o frio no ar — sussurrou em meu ouvido enquanto ajeitava a parte de trás do meu vestido.

Eu não tinha mencionado, porque meu corpo parecia estar pegando fogo por causa do que ele havia feito comigo. Era quase como se estivesse em uma névoa e meu corpo ainda estivesse tendo problemas para se recuperar dos eventos que acabaram de ocorrer.

Nash falou novamente e lutei muito para me concentrar em suas palavras.

— A propósito, nunca teria deixado ninguém ver o que é meu.

Lembrei-me de quando ele disse que teria rasgado meu vestido se eu não tivesse atendido à sua exigência e agora sabia que era mentira.

Juntos, descemos as escadas e fomos até a porta da frente para pegar meu casaco. Depois de pegá-lo, ele colocou minha mão na sua e fomos para fora, onde ele entregou o bilhete ao manobrista. Enquanto esperávamos o carro dele dar a volta, não pude deixar de sentir que finalmente havia encontrado meu lugar nessa situação complicada.

JOGO *Ardiloso*

CAPÍTULO 23
RAVEN

Bati o pé enquanto esperava o relógio chegar às sete horas. Lutei contra o bocejo novamente, incapaz de combater o cansaço que estava se manifestando. Por que esse seminário noturno tinha que acontecer?

Felizmente, essa não era uma ocorrência comum, porque não havia como fazer isso toda semana. Também me certifiquei de tomar minha medicação para garantir que conseguiria me concentrar e fazer anotações.

Verifiquei meu celular como se isso fosse fazer o tempo passar mais rápido. Pelo menos faltavam apenas cinco minutos. Fiz o possível para prestar atenção nos últimos minutos, mas fui a primeira a me levantar assim que o professor nos dispensou. Eu me descabelei um pouco dando puxões no meu cabelo, mas tinha sobrevivido.

Não demorei muito para arrumar minha mochila e, quando me levantei, olhei para o topo da sala de aula e encontrei Landon olhando para mim. Antes que pudesse reagir, ele deu meia-volta e saiu correndo da sala. *Que diabos foi isso?*

Havia muita gente em volta para que pudesse correr atrás dele e, quando finalmente cheguei à saída, ele não estava em lugar nenhum. Saí correndo do prédio e não o encontrei, mas, em vez de ficar andando por aí, corri para o meu carro. A viagem de volta para casa foi fácil e, assim que abri a porta da frente, soltei o maior suspiro de todos os tempos. Minha mente ainda estava na cena de Landon olhando para mim e não me senti bem com tudo isso.

— Tão ruim assim, hein?

Encontrei Lila e Erika sentadas no sofá, assistindo a um filme e comendo pipoca entre elas.

— Sim, acabei de descobrir que as aulas noturnas não são para mim.

— Você fez algum curso antes de se transferir para cá? — A pergunta de Erika era válida.

— Eu fiz cursos on-line. Se tivemos alguma sessão ao vivo, foi durante o dia e estou acostumada a fazer o dever de casa à noite, mas assistir a uma aula à noite? Isso exige muito mais energia cerebral do que tenho, eu acho. Eu me transformo em uma abóbora às cinco da tarde.

Isso fez com que as duas garotas dessem uma risada.

Lila olhou para mim antes de voltar a olhar para a tela da televisão.

— Você quer assistir a esse filme conosco? Só o começamos há vinte minutos.

— Não, obrigada. Acho que vou tomar um banho e depois vou para a cama. Vejo vocês duas mais tarde.

Deixei Lila e Erika na sala de estar e fui para o meu quarto. Levei menos de dois minutos para entrar no chuveiro. Não havia nada melhor como lavar a sujeira do corpo depois de um longo dia.

Não sabia quanto tempo havia se passado até que saísse do chuveiro e apertasse a toalha em volta do meu corpo. Tudo o que queria fazer agora era me arrastar para a cama.

A tela do meu celular se iluminou e corri para ele. Revirei os olhos quando vi que era uma mensagem da Izzy.

> **Izzy: Nosso senhorio passou para verificar o vazamento na pia do banheiro?**

> **Eu: Sim. Ele veio quando eu tive um intervalo entre as aulas e entrou e saiu em dez minutos.**

> **Izzy: Obrigada!**

Não revirei os olhos porque Izzy estava me enviando uma mensagem de texto para verificar algo com que o proprietário deveria nos ajudar. Revirei os olhos para mim mesma porque esperava que fosse Nash que estivesse me enviando uma mensagem.

Eu não tinha tido notícias de Nash desde que ele me deixou em casa logo após o evento na casa dos pais dele. A cena lá foi suficiente para fazer qualquer um querer se enterrar em um buraco. No entanto, o prefeito Henson ainda não havia anunciado suas intenções e nada disso explicava por que Nash não havia entrado em contato comigo sobre esse "jogo". Sempre que recebia uma mensagem de texto, suspeitava que fosse dele e, quando percebia que não era, a tensão fugia do meu corpo. Depois, voltava a ficar nervosa, pois estava esperando o próximo passo dele.

JOGO *Ardilosa*

125

Vesti-me calmamente com meu pijama e, depois de alguma dificuldade, coloquei a pulseira que Nash me deu de volta em meu pulso. Não era algo que teria escolhido para mim, mas era uma linda joia que me fazia lembrar de Nash.

Embora todo esse arranjo não fosse normal, o comportamento dele agora era ainda mais estranho, e fiquei me perguntando o que diabos estava acontecendo. Ligar para ele seria estranho e daria a impressão de que o queria.

Mas você quer, Raven.

Eu não gostava da maneira como ele me tratava, mas havia momentos que me fazia pensar diferente. Claro, não éramos tão abertos como éramos no ensino médio, mas sua natureza carinhosa estava se revelando e me fez lembrar do garoto que conhecia. Aquele que adorava me ver, aquele que se certificava de que tivesse tudo o que precisava.

Assim que terminei de prender meu cabelo em um rabo de cavalo, meu alerta de mensagem de texto tocou alto. Quando foi que eu o liguei? Devo ter apertado um botão quando estava mandando mensagem para Izzy. Coloquei o celular para vibrar novamente e meu coração deu um pulo quando vi que era do Nash. Era como se ele soubesse que estava pensando nele. Mas, pensando bem, quando é que eu não estava pensando nele ultimamente?

Sentei-me na beirada da cama e li a mensagem.

> Nash: Encontre-me em minha casa hoje à noite, às 21 horas, sozinha.

Não consegui me impedir de digitar minha resposta.

> Eu: Sozinha? Essa não é a única maneira de eu ir ao seu apartamento?

Esperei um pouco e, como não obtive resposta, digitei uma nova.

> Eu: Nash, o que diabos está acontecendo?

Quando ele não respondeu, joguei minhas mãos para o alto e revirei os olhos. Não pude deixar de ficar curiosa sobre o motivo de ele ter mencionado que deveria estar sozinha.

Esse era um sentimento que não conseguia afastar. Fiquei olhando a mensagem por um segundo a mais antes de tentar ligar para o número dele. Imediatamente foi para o correio de voz.

> Nash: Não posso falar agora. Vejo você hoje à noite.

Sua mensagem de volta aliviou um pouco a tensão que eu sentia, mas despertou outro sentimento em mim.

Mesmo com a maneira horrível com que ele me tratou desde nosso reencontro, no fundo, eu o queria. Eu ansiava pela maneira como éramos quando adolescentes e pela maneira como ele me tratava quando sua máscara caía temporariamente. Se ele precisasse contar o segredo que estava guardando para mim nas últimas semanas, que assim fosse. Se o assunto não fosse adiante depois de conversarmos, que assim fosse. Mas não podia continuar com essa farsa.

Ele só tinha me dado uma pequena parte dele dessa vez, e eu sabia disso. O que era mais grave era que queria tudo o que ele me desse. Isso soava tóxico como o inferno, mas não conseguia quebrar o controle que ele tinha sobre mim. Isso mesmo com o aviso de que ele poderia terminar a qualquer momento e em qualquer lugar que escolhesse.

Eu poderia ficar aqui e não ir, mas queria descobrir o que aconteceu depois que o deixei pela última vez. Deixei de lado meu orgulho e fui até meu armário para encontrar algo para vestir esta noite.

JOGO Ardiloso

CAPÍTULO 24
NASH

— Mais uma vez!

Eu queria atacar Easton, mas isso arriscaria machucar um de nós e o treinador não teria problemas em me matar.

Fiz o exercício de novo antes de acenar para Easton. Eu não estava exausto fisicamente, mas não queria fazer esse exercício novamente.

— Terminou? — Easton perguntou ao se aproximar de mim.

— Sim, cara. Já terminei. — Assenti e ele me jogou a bola de futebol.

— Isso o ajudou a tirar o pau que estava enfiado na sua bunda na última semana?

Empurrei Easton com força e tudo o que ele fez foi dar uma risadinha.

— Estou me sentindo melhor.

— Melhor o suficiente para mandar uma mensagem para Raven? Talvez ela possa tirar o seu pau para fora.

— Você nunca cala a boca, não é?

Easton deu de ombros.

— Você já deveria saber que não.

Balancei a cabeça e fui até o meu armário da academia. Peguei as coisas que precisava antes de ir para casa. A última coisa em que queria estar pensando era em Raven, mas graças a Easton, agora estava.

Isso era mentira. Eu estava pensando nela desde o momento em que vi que ela estava de volta a Brentson.

Pensei nela durante todo o trajeto até em casa. Quando entrei no meu apartamento, deixei minha bolsa de ginástica na porta e peguei meu celular. Não havia lhe enviado nenhuma mensagem na última semana porque não queria ser incomodado. Já havia muito com o que lidar no momento, entre evitar meu pai, o futebol e as merdas dos Chevaliers.

Mas o fato de não tê-la por perto estava afetando meu humor. O "jogo" que estávamos jogando era uma válvula de escape para mim. Uma forma de me vingar e de fodê-la até a submissão.

Talvez fosse a hora de lhe enviar uma mensagem.

Peguei meu celular para enviar a mensagem quando alguém bateu na porta da frente. Fiquei parado e me perguntei se a pessoa iria embora se achasse que não havia ninguém em casa. Então bateram de novo.

— Nash! Eu sei que você está aí! — A voz do meu pai ecoou pela porta fechada.

O fato de ele saber que eu estava aqui não significava que tinha de atender a porta. É claro que ele também era o fiador do apartamento, mas não estava nem aí.

Por outro lado, não lidar com isso de frente pareceria covardia de minha parte. Eu vinha me esquivando de suas ligações há dias e talvez fosse a hora do final desse confronto.

Joguei o celular para o lado e fui até a porta da frente. Quando a abri, uma expressão de choque apareceu no rosto de meu pai por um segundo, antes que a raiva voltasse. Parecia que ele estava surpreso por eu ter aberto a porta.

— O que você quer? — Essa era a única saudação que ele receberia. Em vez de responder, ele passou por mim. Dei de ombros e fechei a porta atrás de mim.

Quando ouvimos o clique da porta se fechando, meu pai se virou e disse:

— Como você ousa trazer aquela... garota para a minha festa?

— Eu não achei nada de errado nisso. Você disse que se quisesse levar uma acompanhante, eu poderia. Então, levei.

— Você sabia que não deveria levá-la!

— Não me deram nenhuma qualificação que meu acompanhante precisasse ter, então levei quem eu quis.

Sorri para mim mesmo porque pude ver como ele estava ficando agitado. Eu estava alimentando sua raiva, e nada neste momento poderia me dar mais alegria. Isso era ótimo.

— Pare com essa besteira, Nash.

Eu já estava farto disso, e o tempo dele aqui estava chegando ao fim rapidamente.

— Não, deixe de besteira. O fato de você ainda estar irritado com isso, dias depois, literalmente não faz sentido. Eu fui à sua festa idiota e isso foi tudo o que você me pediu para fazer. Ela foi bem-sucedida. Você conseguiu suas fotos e ainda está enrolando as pessoas, embora todos saibam que você vai se candidatar a governador.

— Você a levou lá de propósito para causar problemas e você sabe disso.

JOGO *Ardilosa*

129

— O motivo pelo qual ela estava lá era para ser meu par. Qualquer outra ideia que você tenha tido sobre a presença dela lá não é da minha conta. Agora, se me der licença, tenho coisas a fazer para os Chevaliers.

Eu não tinha nada para fazer por eles no momento, mas sabia que, ao dizer isso, ele iria embora. Ele queria que eu tivesse sucesso onde ele falhou em sua tentativa para se tornar um dos líderes deste capítulo, então sabia que era um botão que poderia ser pressionado para fazê-lo recuar.

Observei a tensão se dissipar de seu corpo. Era muito fácil desviar sua mente para outros assuntos, especialmente quando qualquer tipo de referência a mais poder estava envolvida.

— Amanhã de manhã cedo?

— Sim, então vejo você mais tarde?

— Tudo bem. Presumo que você voltará para casa em algum momento para ver sua mãe e Bianca.

— Eu irei.

— E conversaremos sobre isso, mas não quero distraí-lo de... — Sua voz se arrastou, e sabia que ele estava se referindo as provas.

Acompanhei-o até a porta da frente e, assim que ele saiu, fechei-a atrás dele.

Conversar com ele me fez decidir. Eu ia tomar um banho e depois dirigir até a casa de Raven. O que precisava resolver agora era algo que só ela poderia solucionar.

Uma hora depois, dirigi até a casa de Raven e, para minha surpresa, havia um SUV preto estacionado em frente à entrada da garagem, bloqueando a passagem do carro. Estacionei do outro lado da rua e verifiquei a hora: 8:34 p.m.

Tirei o cinto de segurança e, antes que pudesse sair do carro, vi a porta da casa de Raven se abrir. Quando vi que era ela, saí do carro e foi aí que tudo foi para o inferno. A porta do lado do motorista do utilitário esportivo se abriu, e eu o vi saltar do veículo. Reagi sem pensar duas vezes.

Raven gritou quando ele a agarrou, mas tudo isso parou quando eu o derrubei no chão. Assim que o controlei, gritei para Raven:

— Pegue as chaves do meu carro e abra o porta-malas!

Suspeitei que ela estivesse em choque demais para fazer qualquer outra coisa além de seguir minhas instruções. Agarrei o idiota e, quando ele parecia que ia dizer alguma coisa, dei-lhe um soco, distraindo-o o suficiente para que ele não começasse a gritar e chamasse ainda mais atenção para nós.

— Raven, tenho braçadeiras no porta-luvas. Pegue-as.

Quando parecia que ela iria discutir comigo, a encarei, calando-a também. Ela fez o que pedi, então amarrei o máximo possível o sequestrador e o joguei no porta-malas.

Bati a porta e disse:

— Entre no carro agora!

Raven correu para a porta do passageiro e, antes que ela pudesse colocar o cinto de segurança, eu saí pela rua.

As coisas só ficaram mais tensas quando o maldito no meu porta-malas começou a fazer barulho e tentou gritar.

— Cala a boca! — gritei e pressionei o pé no acelerador.

Raven gritou ao meu lado e segurou o cinto de segurança.

— Você sequestrou alguém!

— Que estava prestes a sequestrar você, então isso se anula.

— Que diabos há de errado com você?

Em vez de lhe dar uma resposta verbal, virei-me para olhá-la de relance. Meu sorriso tomou conta do meu rosto. Ela não sabia nem a metade.

Não havia como levá-lo de volta para minha casa, mas sabia exatamente onde poderíamos ir.

JOGO *Ardiloso*

CAPÍTULO 25
RAVEN

Se eu achava que não reconhecia Nash quando voltei para Brentson, definitivamente não sabia quem era o homem sentado ao meu lado agora.

Eu não conseguia expressar em palavras o que estava acontecendo. Nash havia sequestrado um homem e agora eu era cúmplice do crime porque entrei no carro com ele. Ele não havia me apontado uma arma. Eu entrei no carro com ele por vontade própria. E agora estávamos dirigindo sabe-se lá para onde, com alguém que havia me atacado.

Nash apertou um botão e ligou para alguém usando o Bluetooth que estava conectado ao carro. O celular tocou até que a pessoa do outro lado atendeu.

— Ei — disse a pessoa.

— Encontre-me na porta lateral. Eu tenho uma encomenda.

Ele desligou antes que qualquer outra coisa fosse dita e fiquei olhando para ele como se ele tivesse perdido o juízo. Por que você se referiria a alguém, um ser humano, como um pacote?

Meu coração estava acelerado e não conseguia pensar direito. Todos os pensamentos giravam em torno de sermos jogados na cadeia pelo que estávamos fazendo.

— Você precisa parar com isso.

— Eu vou parar.

Mas ele não fez nenhum movimento para encostar o carro ou algo do gênero.

— Isso não está impedindo o que está acontecendo agora. Deveríamos ir à polícia. — Eu procurei o meu celular. Droga. O cara no porta-malas o arrancou de mim antes de me agarrar.

— Algumas coisas devem ser resolvidas de outra fora — disse. O tom sinistro de sua voz era absolutamente assustador e fiquei preocupada com a minha segurança.

Tentei engolir meus medos e falar com ele com calma, pois não tinha certeza do que ele era capaz de fazer.

Fique calma, Raven. Fique calma.

Eu precisava manter a cabeça fria, mesmo que meus pensamentos estivessem embaralhados.

Quando ele virou à direita, acabamos em uma estrada que levava a uma entrada de automóveis. A entrada estava conectada a um prédio grande e de aparência antiga. Parecia ter sido construído por volta da época em que a Universidade de Brentson foi fundada, mas parecia bem conservado pelo que podia ver à noite. Era um pouco assustador, mas nada muito surpreendente se tivesse sido construído na época em que eu pensava.

— Onde estamos? — Minhas palavras saíram da minha boca lentamente porque não confiava em mim mesma para falar com coerência.

— Na Mansão dos Chevaliers.

Fiquei de boca aberta ao pensar no que Izzy disse sobre a sociedade secreta que quase ninguém conhecia. Pensei no calouro que foi morto e em sua ligação com essa organização. O pânico me invadiu ao pensar em todas as coisas que poderiam me acontecer.

Eu precisava sair daqui.

Nash estacionou seu carro perto da lateral do prédio e dois caras saíram. Não havia como eu escapar agora, já que estava em menor número.

Nash abriu o porta-malas e se virou para mim.

— Vou levá-la para uma sala onde você deve ficar até que eu a busque. Está me entendendo?

Assenti porque não tinha outra escolha. Os dois rapazes foram para o porta-malas enquanto Nash saía do carro e dava a volta pela frente. Seus olhos não se desviavam dos meus, como se estivesse me desafiando a fazer algum tipo de proeza. Ele abriu a porta do carro e me ajudou a sair do veículo. Foi bom ver que ele ainda mantinha suas boas maneiras mesmo depois de sequestrar alguém.

Ele me conduziu até a casa com a mão na parte inferior das minhas costas, da mesma forma que havia feito na noite em que me levou para a festa de seus pais. A casa mantinha a mesma atmosfera que notei quando estávamos do lado de fora. Estava mal iluminada, o que dificultava a visualização de tudo, mas podia ver que parecia bem cuidada e limpa. Havia alguns retratos na parede, mas não havia ninguém que pudesse ver com clareza suficiente para identificar. Presumi que não os reconheceria, de qualquer forma, se a sensação histórica que esse lugar estava buscando fosse verdadeira. Continuamos pelo corredor e ouvi o que supunha ser o cara que estava no porta-malas do carro de Nash começar a gritar.

JOGO *Ardilosa*

— Ele pode gritar o quanto quiser, mas a ajuda não virá para salvá-lo.

— Por que você está fazendo isso?

— Porque ele não deveria estar perseguindo você.

Quase tropecei em meus dois pés.

— Você acha que era o cara que você viu na outra noite no meu quarteirão? Que dirigiu em marcha à ré pela rua?

— Sim, e presumo que ele esteja perseguindo você há algum tempo. Talvez ele tenha se sentido mais à vontade quando você estava em casa. Ou talvez esse fosse o único local em que ele a estava observando. De qualquer forma, acho que era ele e que ia sequestrá-la esta noite.

Eu engasguei, embora a suposição de Nash tenha sido uma surpresa completa. Murmurei baixinho enquanto Nash me levava para uma sala e fechava a porta atrás de nós. Ele acendeu a luz e foi a primeira vez, desde que chegamos aqui, que pude ver claramente onde estava.

Parecia ser um quarto de hóspedes com uma cama, uma cômoda e uma escrivaninha, muito parecido com o que se vê em um dormitório comum. A ideia de tirar um cochilo aqui me dava arrepios.

— Repita isso, Goodwin.

Revirei os olhos, pois já havia se tornado um hábito sua necessidade constante de se referir a mim pelo meu sobrenome.

— A única razão pela qual estava do lado de fora era porque recebi uma mensagem sua dizendo que queria me encontrar em sua casa às nove da noite. Eu estava indo para o meu carro quando você chegou correndo e... você sabe.

— Huh. Eu não mandei nenhuma mensagem para você. A única razão pela qual estava do lado de fora da sua casa e vi o que estava prestes a acontecer foi porque estava tentando surpreendê-la.

Quando as peças se encaixaram, fiquei olhando para ele. Isso não podia ser verdade, mas tudo o que eu sabia sobre o que estava acontecendo levava a isso.

— Foi uma armadilha.

— Ele deve ter clonado meu número para que você pensasse que era eu que estava lhe enviando uma mensagem. É bom saber.

Nash se aproximou de mim e, antes que pudesse registrar o que ele estava fazendo, levantou minha cabeça para me beijar. O beijo foi poderoso e envolvente e embaralhou ainda mais o meu cérebro sobre o que estava acontecendo naquele momento. Então ele se afastou.

— Preciso ir, mas lembre-se do que disse: fique neste quarto até eu voltar para buscá-la.

Assenti com a cabeça.

— Eu vou ficar.

Ele me deu outro beijo rápido nos lábios antes de me deixar sozinha.

Essa era outra promessa que não tinha intenção de cumprir.

CAPÍTULO 26
NASH

Deixar Raven para trás no quarto de hóspedes era algo com o qual não me sentia totalmente confortável, mas precisava ser feito. Não queria que ela testemunhasse o que estava prestes a acontecer. Fiz uma anotação mental para enviar um dos rapazes para garantir que ela não saísse do quarto.

Corri pela casa e encontrei as escadas que me levariam ao andar principal, porque sabia para onde o haviam levado. Não era a primeira vez que levávamos alguém para esse quarto especial, e não seria a última. As coisas estavam estranhamente calmas para essa época do ano, mas isso era perfeito, pois significava que eu tinha menos pessoas para contar o que estava acontecendo.

Os retratos dos Chevaliers de anos passados me guiaram, alimentando minha raiva para corrigir essa situação. Esse maldito havia tocado no que era meu e agora iria pagar por isso.

Entrei em uma das salas especiais da Mansão Chevalier. Nessa sala, algumas pessoas podiam fazer experimentos com diferentes ferramentas para obter as respostas que queríamos. Nosso adorável perseguidor cotidiano estava amarrado a uma cadeira.

— Qual é o seu nome?
— Paul.
— Certo, Paul. Quem o enviou para espionar Raven?
— Quem?
— Nem tente fazer isso. A mulher que você estava tentando sequestrar.

Um sorriso doentio apareceu em seus lábios antes de ele dizer:
— A sua mãe.
— Ah, agora estamos fazendo piadas sobre a minha mãe. Que inteligente.
— Eu também achei.

Fui até um armário e abri as duas portas. Dentro dele havia todos os tipos de armas, facas e tantos tipos que tínhamos à nossa disposição. Escolhi um facão e me virei para encontrar o perseguidor de Raven olhando para mim, ele estava com os olhos arregalados de medo. Ótimo.

— Agora, mais uma vez, quem o enviou para perseguir Raven?

Ele me olhou nos olhos e disse:

— Não vou dizer nada.

— Por quê? Você não dá valor à sua vida?

Ele não disse uma palavra.

Agarrei Paul pelo colarinho e disse:

— Diga-me. Quem. Mandou. Você.

Quando ele não respondeu novamente, lhe dei um soco. Fiquei impressionado com a quantidade de força por trás do meu punho, pois ainda estava segurando o facão.

— Você pode me bater o quanto quiser, mas não vou lhe dizer quem me contratou.

Assenti lentamente com a cabeça.

— Isso faz muito sentido, na verdade. Um de vocês, segure a cabeça dele e vire-a para o armário.

Quando sua cabeça foi mantida no lugar, peguei o facão e perfurei sua pele desde a linha do cabelo até o pescoço.

Seus gritos eram como remédio para minha alma.

— Quem foi?

— Que parte de não vou lhe dizer você não entendeu, idiota! Não importa o que você faça comigo, já estou morto de qualquer maneira.

Esse homem não tinha nada a perder. Eu estava perdendo meu fôlego tentando fazê-lo falar, mas pelo menos estava me divertindo.

Passei o facão pelas costas de sua mão e, embora ele tentasse se segurar, gritou.

— Diga-me quem o enviou.

— Não!

— Tudo bem. — Fiz um gesto para os outros Chevaliers na sala. — Amarrem seus braços também.

Paul lutou contra o aperto deles, mas logo foi contido ainda mais. Não perdi mais tempo. Passei o facão pela lateral de sua cabeça e me deliciei com o sangue que se seguiu.

— Vai se foder! Por que está fazendo isso?

Dei de ombros ao examinar meu trabalho.

— Porque você a tocou.

Ele gritou novamente antes de dizer:

— Idiota de merda. Você acha que ganhou.

JOGO *Ardiloso*

137

Um pequeno sorriso apareceu em meu rosto.

— Eu não acho que ganhei. Eu sei que ganhei.

— É aí que você está errado. Eu sou apenas o começo. E diga a Raven Goodwin que ela foi avisada.

— Avisada por quem?

Ele se recusou a responder novamente, e presumi que fosse devido à sua agonia. A essa altura, ele estava me aborrecendo, e eu já estava farto.

Puxei sua cabeça para trás e disse:

— Espero que isso doa muito. — Sem pensar duas vezes, cortei sua garganta e deixei sua cabeça cair sem vida.

Alguém rapidamente me entregou uma toalha para limpar o sangue de mim. Foi então que percebi que estava tremendo, e não conseguia parar.

Sem dúvida, era por causa da adrenalina que corria pelo meu corpo. Não pude deixar de sorrir porque me senti fantástico. Nunca pensei que me emocionaria ao assassinar alguém, mas aqui estava eu sorrindo depois de tirar a vida de uma pessoa. Ter o controle sobre a vida ou a morte de alguém fazia com que nos sentíssemos alegres.

Quando ouvi palmas vindas do outro lado da sala, me virei e encontrei Tomas ali.

— Henson, você sabe que deve pedir aprovação antes de vir aqui.

Isso era verdade. Geralmente era o presidente que decidia se podíamos torturar alguém na mansão.

— Você sabia que eu estava aqui embaixo, portanto, se quisesse me impedir, poderia tê-lo feito.

— É verdade.

— Ele precisava ser tratado rapidamente. Meu lema é que é melhor pedir perdão do que permissão.

Isso fez com que Tomas soltasse uma risada, o que era raro.

— Bom trabalho.

— Você nem sequer sabe quem ele era ou por que o matei.

— Eu tenho uma ideia. Ele mexeu com o que é seu e essa foi a consequência. Você escolheu coragem e lealdade quando tinha muitas outras opções na mesa e foi por isso que você sempre foi o mais indicado para se tornar um Águia. Essa primeira parte do julgamento nunca seria um problema para você... mas o resto... bem, veremos.

Tomas estava certo e foi isso que motivou meu desejo inato de garantir que ele não saísse vivo daqui. A morte de Paul mostrou minha lealdade à

Raven e demonstrou as qualidades que eles estavam procurando em alguém que seria o futuro presidente.

O pior é que nem tinha feito isso com os Chevaliers em mente. A única coisa que tinha em mente era Raven.

— Essa pode ter sido a melhor coisa que você já fez.

Aceitei seu elogio e sorri.

— Uma das melhores coisas que farei é assumir seu cargo quando você se formar.

— Não vamos nos precipitar muito — respondeu Tomas. — Mas esse foi um excelente passo nessa direção. Bom trabalho. Especialmente em manter a bagunça no mínimo.

Ele estendeu a mão para apertar a minha, agora um pouco limpa. E quando ele se afastou, minha mente se voltou para a pessoa que ocupava meus pensamentos constantemente. Peguei o celular dela, que havia sido colocado em uma mesa perto da entrada, antes de fazer uma pausa.

Foi então que me dei conta de que nunca mandei ninguém de volta para o quarto onde eu havia dito a Raven para ficar.

CAPÍTULO 27

RAVEN

Meus olhos se arregalaram e minhas mãos voaram para a boca em uma tentativa de bloquear qualquer som. Nash e os outros homens na sala não podiam saber que estava aqui ou eu poderia acabar como o cara amarrado àquela cadeira, sangrando. Aparentemente, isso não importava.

Porque quando vi Nash olhar na direção que eu estava, soube que estava ferrada, a menos que houvesse uma maneira de evitar ser encontrada.

Caminhei ao lado da parede, esperando que não houvesse nada que pudesse me atrapalhar e revelar minha localização. Meus olhos ainda estavam fixos em Nash, rezando para que ele não pudesse me ver.

Quando ele não fez nenhum movimento em minha direção, arrisquei tirar os olhos dele e encontrei o que poderia ser uma porta, mas não tinha certeza absoluta. A única opção que tinha era descobrir, porque ser encontrada por Nash ou por qualquer outra pessoa que pudesse estar nesse prédio não era uma opção que estava disposta a aceitar. Era apenas uma questão de tempo até que ele percebesse que eu havia fugido, e não queria saber quais seriam as repercussões disso.

Lentamente, fui me aproximando do que esperava ser uma porta que, na melhor das hipóteses, me levaria para o lado de fora. Na pior das hipóteses, me levaria a mais Chevaliers, que não teriam problemas em me entregar de volta a Nash.

Foi preciso fazer algumas manobras, mas consegui chegar ao que confirmei ser uma porta e corri para ela. Embora cada centímetro de mim quisesse abrir a porta, sabia que a melhor abordagem era não agir com muita pressa. Se a porta estivesse destrancada, não sabia se seria muito barulhento ou se alertaria alguém. Apalpei o local e encontrei a maçaneta.

Sem pensar duas vezes, puxei-a e, quando a porta cedeu, pude respirar novamente.

Eu conseguiria sair daqui assim que encontrasse a porta certa. Esse alívio durou pouco porque, quando a abri, percebi que a porta não dava para o lado de fora. Ela apenas levava a um corredor cheio de portas.

Que droga.

A ideia de que poderia morrer aqui me passou pela cabeça quando tentei outra porta. Mas essa também não se moveu. A cada porta que não se abria, minhas esperanças diminuíam. Eu estava ficando sem opções.

Corri para outra porta e tentei abri-la. Ela não se moveu. Bati com o punho na porta em sinal de frustração e raiva por ter sido impedida mais uma vez. Precisei de tudo o que havia em mim para morder a palavra de ordem que ameaçava sair de meus lábios. Eu provavelmente havia alertado quem quer que estivesse nesse lugar fodido sobre onde eu estava, mas não tinha tempo para me preocupar com isso.

As três portas seguintes que tentei tiveram o mesmo resultado. A cada maçaneta que virava e não se mexia, via minhas chances de sair viva daqui diminuírem.

Girei antes de correr para a última porta, rezando para que fosse a última. Usei todo o meu peso para empurrar a porta no corredor sem fim. Se essa porta não me levasse ao mundo exterior, qualquer esperança de sair daqui com vida estaria perdida. Quando ela se abriu sob o peso de minhas mãos, quase gritei de alegria no ar fresco da noite.

Mas não o fiz. Porque assim ele me encontraria.

Disparei em uma corrida, bombeando os braços o mais rápido que pude, esperando que eles, juntamente com minhas pernas, me impulsionassem para frente. Olhei para trás uma vez para ver se estava sendo seguida, mas não consegui perceber. Tudo o que sabia era que precisava continuar correndo, mesmo que meu destino fosse desconhecido. Rezando para que a floresta pela qual corria oferecesse cobertura suficiente para que não fosse fácil me encontrar.

Tudo o que podia fazer era me concentrar em me afastar dali. Fugir daquilo. Ficar e me esconder era uma opção, mas era muito arriscado. Se eles me pegassem, sabia que me matariam. Se ele me pegasse, sabia que teria o mesmo destino.

Meu sapato ficou preso em um galho e tropecei. Isso me fez perder o ritmo e me abalou profundamente. Eu contive um grito enquanto tentava me recuperar. Pensamentos correram pela minha mente enquanto levava uma surra mental antes de me recuperar. Eu tinha medo de que a pequena pausa acabasse custando minha vida.

Corri em frente, ignorando a dor que ardia em meu peito devido à velocidade com que estava correndo. Os restos de neve no chão não facilitavam em nada a corrida. Será que meus membros ou pulmões iriam falhar antes de eu chegar à estrada? Será que tropeçaria de novo? Por que havia decidido voltar para Brentson?

Eu me repreendia mentalmente por ter vindo para essa faculdade e voltado para essa cidade. Fui embora por um bom motivo e deveria ter ficado afastada.

Tudo o que eu sabia era uma mentira. Eu era uma idiota por ter caído nessa, porque, mais uma vez, a única coisa com a qual podia contar era comigo mesma.

Fiquei ofegante quando vi uma luz à frente. Isso me deu esperança de que estava cada vez mais perto da civilização. Quando cheguei a uma estrada, sabia que poderia descobrir onde estava. Afinal de contas, nasci e cresci em Brentson, Nova Iorque. Voltar à minha cidade natal abriu feridas que esperava que estivessem mortas e enterradas.

Cidade natal? Eu havia deixado esse lugar há dois anos e só retornei quando fui convocada. Prometeram-me que descobriria o que aconteceu com a minha mãe. Isso e um segredo obscuro que desejava manter escondido foram o que me mantiveram longe, mas minha busca por um desfecho me trouxe de volta.

E agora estava envolvida nessa besteira. Muito envolvida. Eu era uma testemunha ocular de um assassinato e agora estava preocupada que o assassino tivesse voltado sua atenção para mim.

A luz se aproximou, e lágrimas brotaram em meus olhos, mas não estava triste. Eu estava tão perto de escapar. Se conseguisse chegar ao que deveria ser uma estrada à frente.

A chance de ser livre me guiou, fazendo com que mantivesse meu corpo impulsionado para frente. Corri em direção ao poste de luz, que se tornava cada vez mais próximo à medida que meus passos aumentavam a distância entre mim e ele.

O que faria quando chegasse à clareira? Parte da batalha era saber onde eu estava, a outra era encontrar alguma forma de ajuda. Mas lidaria com isso quando chegasse a esse ponto. Meu celular teria sido útil neste momento, mas tinha certeza de que ainda estava com meu sequestrador, que o pegou quando tentava me sequestrar.

Sabendo o que sabia sobre Brentson e os arredores, poderia estar em qualquer lugar. A única coisa que sabia era que estava perto da Mansão Chevalier, mas não tinha ideia de onde ficava em relação ao campus. Presumi que talvez ainda estivesse um pouco perto do campus, aumentando ainda mais a probabilidade de encontrar alguém para me ajudar.

Mas será que alguém poderia me ajudar? Afinal de contas, não poderia contar a ninguém o que tinha acabado de acontecer... ou o que tinha acontecido desde que voltei a pisar em Brentson.

Fui chamada de volta por um motivo. Esse motivo, ainda não sabia, mas eles usaram a morte de minha mãe para me atrair de volta para cá. Eu me arrependi de ter aberto a carta que recebi e que deu início a tudo. A carta que me trouxe de volta para cá e que, indiretamente, me envolveu em tudo isso.

Eu estava tão perto da luz da rua que quase parecia que ela estava me chamando. Pedindo-me para iluminar a escuridão que tinha visto. Tinha vivido. Na qual continuava a viver.

No entanto, não podia. Pelo menos, ainda não.

Minha ruína foi ver Nash Henson novamente. O cara por quem me apaixonei havia se tornado um homem determinado a se vingar. Ele tinha todo o direito de ir até o fim.

Os pensamentos sobre ele saíram de meu cérebro quando cheguei à luz que tinha visto à distância. Outra lágrima caiu por minha bochecha. Eu havia encontrado uma rua. Olhei para trás para ver se alguém havia me seguido, mas tudo o que pude ouvir foi a brisa leve e o vento. Quando me encostei no poste de luz, inspirei grandes golfadas de ar, na esperança de recuperar o fôlego e acalmar meu coração acelerado. Em vez disso, tudo o que pude ver foi que não estava segura. Nem de longe.

Quando diminuí a respiração, olhei para frente e para trás antes de reconhecer a rua em que estava: Rua State. Parecia deserta, mas isso era de se esperar a essa hora da noite.

Eu tremia, mas não tinha certeza se era o ar frio ou o choque.

Se caminhasse pela rua, acabaria voltando ao campus, mas sabia que tinha de me preocupar com quem quer que ainda estivesse no prédio de onde eu havia fugido e com qualquer outra pessoa que quisesse me capturar.

Quando me afastei do poste de luz e esfreguei as mãos no moletom que fazia um bom trabalho em me proteger do frio, os faróis de um carro vieram em minha direção. Meu primeiro instinto foi acenar para eles para ver se poderiam ajudar, mas notei que o carro estava dirigindo muito devagar. Quase como se seus ocupantes estivessem procurando alguma coisa.

Eu.

Corri de volta para o bosque, na esperança de me esconder, mas não queria me afastar muito da Rua State. Encontrei uma árvore que achei ser

JOGO *Ardiloso*

grande o suficiente para me cobrir completamente e fiquei parada enquanto observava pacientemente o carro passar. Quando vi o vermelho das luzes de freio do carro desaparecer, dei um suspiro de alívio. Não reconheci o carro. Talvez fosse alguém dirigindo pela cidade e tentando se orientar em um lugar desconhecido.

Esperei alguns segundos para me certificar de que o carro não estava dando a volta e então arranquei novamente, correndo na direção da Universidade de Brentson. Eu não sabia o que me aguardaria quando voltasse ao campus, mas sabia que teria de ser melhor do que tudo o que acabara de testemunhar.

Pelo menos foi o que pensei.

Eu estava tão concentrada em correr em direção ao campus que não havia notado os faróis até que fosse tarde demais. Para piorar a situação, os faróis brilhavam na estrada à minha direita. O carro estava dirigindo no lado errado da pista.

Seria uma aposta válida para mim supor que o carro que tinha visto momentos atrás tinha dado a volta e estava patrulhando minha localização mais uma vez.

O motorista havia me visto.

Depois de respirar fundo, continuei a correr, desejando que meu corpo não se desintegrasse durante a perseguição. Mas não adiantou nada. Eu ainda estava exausta da corrida pela floresta mais cedo e minhas esperanças foram destruídas diante dos meus olhos. Fiz uma pausa enquanto tentava me recuperar e descobrir qual seria o próximo passo do motorista. Se essa pessoa estava tentando me pegar, estava no caminho certo para conseguir. Mas eu ainda não estava sem opções. Pensei em correr mais para dentro da floresta, mas havia uma chance de nunca sair viva. Olhei para o carro e continuei andando sabendo que, no fundo, estava apenas prolongando o inevitável.

O carro parou a alguns metros de mim e fiz outro cálculo mental perguntando-me novamente se valia a pena tentar correr. Quando estava prestes a dar a partida novamente, o motorista falou.

— Goodwin.

Eu parei. Meu sobrenome saindo de seus lábios foi o suficiente para interromper meu caminho. Virei-me e encarei o homem que logo se tornaria o meu captor.

— Você vai entrar ou vou ter que jogá-la no porta-malas?

Nash, a pessoa que achava que seria meu salvador de todo o mal. Em vez disso, ele se tornou o próprio Satanás.

144   BRI BLACKWOOD

O desejo de correr novamente ainda estava presente, mas sabia que, a partir de agora, a probabilidade de escapar era pequena. Dei a volta na frente do carro e deslizei para o banco do passageiro, cansada. Fiz questão de me sentar o mais longe possível de Nash enquanto ele se afastava do local onde havia estacionado e seguia pela estrada escura.

Se não estivesse em uma situação em que temesse por minha vida ou tivesse testemunhado um assassinato, poderia ter rido alto com os eventos que ocorreram esta noite.

A ideia de que conseguiria escapar sem problemas era cômica a essa altura. Os eventos das últimas duas horas se repetiam em minha mente enquanto Nash nos levava sabe-se lá para onde. Tinha sido tolice minha pensar que sair da Mansão Chevalier seria tão fácil, mas tomaria a mesma decisão várias vezes, mesmo que isso garantisse o mesmo resultado. Eu me recusava a simplesmente ceder à mão que me foi dada, e isso não era exceção.

Eu riria da rapidez com que minha sorte havia mudado, mas tudo o que isso faria era chamar mais a atenção de Nash. Talvez então ele finalmente pensasse que eu havia perdido a cabeça.

Quando ele me encontrou, não havia para onde ir. Eu não tinha mais onde me esconder. Não tive escolha a não ser entrar em seu carro. Agora que sabia do que ele era capaz, não queria que ele pensasse que precisava me matar também.

Quando entrei no carro, encontrei meu celular no porta-copos e presumi que Nash o havia pegado do meu sequestrador. Coloquei-o no bolso e me preparei porque ele arrancou antes que tivesse a chance de colocar o cinto de segurança. Embora fosse automático para mim colocá-lo sempre que entrasse em um veículo, fiquei temporariamente parada no lugar. Foi só quando meu celular vibrou no bolso que saí do estado de alerta. Achei que tinha mais a ver com o toque estridente vindo do carro de Nash. Poderia ser uma coincidência, mas qual era a probabilidade de ambos recebermos mensagens de texto ao mesmo tempo?

O que eu não contava era que a mensagem de Nash apareceria em seu painel e o distrairia. Dei uma olhada na mensagem e engasguei.

> Você pode ter vencido essa batalha, mas a guerra está longe de terminar.

Nash murmurou baixinho e não olhou para mim nenhuma vez.

— O quê?

— Como você pôde?

Isso me forçou a olhar para ele.

— Não tenho ideia do que você está falando.

— Como você pôde me trair?

A mágoa em sua voz não podia ser fingida.

— O quê? Indo embora do jeito que fui? Desculpe-me, mas precisava sair da cidade para minha segurança.

— Não, tentando transar com o meu pai.

Não havia nada que pudesse ter me preparado para esse momento. Era isso que ele havia pensado durante todos esses anos? Será que o assassinato de alguém foi o catalisador para ele finalmente me contar?

— Você está louco? Eu nunca, em um milhão de anos... você realmente pensa tão pouco de mim?

Arrependi-me das palavras antes que elas saíssem de minha boca e desejei poder voltar atrás. É claro que ele achava que isso seria verdade. Ele me odiava.

— Nada parece estar fora do reino das possibilidades com você, Goodwin.

— E você não teve nenhum problema em transar com alguém que você suspeitava ter dormido com seu pai?

— O que é bom para um Henson...

— Se você terminar essa frase, não serei responsável por minhas ações e há uma boa chance de termos um acidente de carro esta noite.

A raiva obscureceu meu julgamento, e eu realmente queria bater nele. Respirei fundo várias vezes antes de continuar.

— Embora você não mereça nada de mim, juro por tudo o que tenho, por tudo o que amo, que não fiz isso. Embora me arrependa de ter saído como saí, não teve nada a ver com a tentativa de fazer sexo com o seu pai.

Nash não respondeu imediatamente, e presumi que ele estava pensando no que eu disse.

Voltei minha atenção para a cena que se desenrolava à minha frente. Estávamos chegando a um semáforo verde e rezei para que o semáforo ficasse vermelho. Isso poderia me dar a chance que precisava.

Minha respiração ficou presa na garganta quando vi o semáforo ficar amarelo quando estávamos a alguns metros de distância, e Nash reduziu a velocidade do carro como se fosse frear.

— Então por que você foi embora, Raven?

Foi a primeira vez que ele disse meu primeiro nome desde que cheguei a Brentson. Ouvi-lo dizer meu nome me atingiu de uma forma que não esperava. Quase me tirou o fôlego, não tinha percebido o quanto estava esperando que ele dissesse isso. Uma parte de mim queria responder à sua pergunta, mas vi que uma oportunidade em potencial estava vindo em minha direção e sabia que tinha de aproveitá-la.

Dada a hora da noite e a falta de tráfego, sabia que a probabilidade de o semáforo voltar a ficar verde rapidamente era alta. Era agora ou nunca.

Tudo aconteceu tão rápido que não pensei. Apenas agi, e tenho certeza de que isso foi motivado pela raiva e pelo desespero.

Quando o carro diminuiu a velocidade novamente, apertei o botão de destravamento e abri a porta do carro antes de sair do veículo.

— Raven!

O som dele gritando meu nome me assombraria para sempre. Era uma mistura de descrença e raiva. O medo pode ter sido misturado, ou talvez eu só estivesse ouvindo o que queria.

Não perdi tempo para me levantar e correr, pois precisava de cada segundo de vantagem sobre ele. O choque mental de jogar meu corpo para fora de um carro em movimento e o impacto do meu corpo no chão deveriam ter me feito descarrilar, mas minha adrenalina entrou em alta velocidade e continuei correndo. Eu não sabia para onde estava indo, mas qualquer lugar parecia melhor do que onde estava.

Nash era um azarão, mas eu também era. Sei que ele não esperava que eu fugisse de um veículo em movimento, caso contrário, teria feito mais para protegê-lo. O erro de me subestimar foi dele, não meu.

Quando meu pé tocou o chão novamente, parte de mim queria desistir, parar de me mover porque meu corpo estava exausto. A corrida pela floresta desde a Mansão Chevalier tinha me deixado exausta, mas minha vontade de sobreviver estava determinada a me levar adiante.

O que eu não contava era com o fato de Nash ter uma passada mais longa que a minha e sua habilidade atlética. Eu estava com muito medo de que, se me virasse para ver a distância que ele estava de mim, isso me faria diminuir a velocidade ou cair. Mas, acima da minha própria respiração, podia ouvi-lo, e parecia que ele estava se aproximando de mim.

Os cabelos da minha nuca ficaram em pé. Era como se ele estivesse respirando em meu pescoço sem que o fizesse fisicamente... até que o fez.

Vi seu braço pelo canto do olho pouco antes de ele envolver minha cintura. Ele me puxou para seu corpo e, antes que pudesse gritar, sua mão cobriu minha boca.

— Eu não queria fazer isso — pensei ter ouvido Nash dizer, mas as palavras soaram confusas. O que estava acontecendo?

Tentei expressar meus pensamentos, mas nada saiu. Em vez disso, senti minhas pálpebras pesadas, e toda a luta deixou meu corpo. Eu podia sentir que estava entrando em colapso, mas não havia nada que pudesse fazer para impedir isso.

A única opção que tinha era abraçar a escuridão que se abateu sobre mim.

E foi o que eu fiz.

SOBRE A AUTORA

Bri adora um bom romance, especialmente aqueles que envolvem um anti-herói quente. É por isso que ela gosta de aumentar um pouco o nível em suas próprias histórias. Sua série Broken Cross é sua primeira série de dark romance.

Ela passa a maior parte do tempo com a família, planejando seu próximo romance ou lendo livros de outros autores de romance.

A The Gift Box é uma editora brasileira, com publicações de autores nacionais e estrangeiros, que surgiu no mercado em janeiro de 2018. Nossos livros estão sempre entre os mais vendidos da Amazon e já receberam diversos destaques em blogs literários e na própria Amazon.

Somos uma empresa jovem, cheia de energia e paixão pela literatura de romance e queremos incentivar cada vez mais a leitura e o crescimento de nossos autores e parceiros.

Acompanhe a The Gift Box nas redes sociais para ficar por dentro de todas as novidades.

 www.thegiftboxbr.com

 /thegiftboxbr.com

 @thegiftboxbr

 @GiftBoxEditora